II
飯楽園
―メシトピア―
憂食ガバメント

「あなたに、会いたい……」
必ず彼の元に戻ると約束し、
何の根拠もなくその約束を果たせると信じていた。
だが、その約束を果たす自信が、急激に失われていく。

「――職員番号２１３１０　矢坂弥登！」

MENU

飯楽園
―メシトピア―

憂食ガバメント

meshitopia / yuushokugovernment

II

和ヶ原聡司

[illustration] とうち

序章　魔法のドーナツ

日本国憲法により、日本人は健康で文化的な最低限度の生活を保障されている。

その生活の根底を支えるものこそ『食べ物』である。

だが、『望むものを食べる自由』は、既存のいずれの法でも保障されていない。

※

自由主義国家におけるメディアの文法は、いつの時代も大きな変化がないものだ。

基本的に政府の政策を大袈裟《おおげさ》に批評し、スポーツや芸術や科学技術の分野で目覚ましい成果を上げた人間をゴシップ的に持ち上げ、そして、若者をトレンドをけん引するリーダーとして持ち上げる一方、その未熟さをあげつらう。

『……次のニュースです。魔法のリングの名称で横浜シェルターを中心に若者の間で蔓延《まんえん》していた違法ドーナツがまた、摘発されました。今度は、都内での摘発です』

たっぷりと時間をかけたキャスターが言葉を切ると、画面は現場のリポーターに変わる。

『はい。こちらが、今回摘発された違法ドーナツを所持していた学生が通っていた大学です。

え―今日午後五時から、大学側の記者会見が始まる予定ですが、先程食料国防隊の捜査員が調査に入って行きました。東京本庁と南関東州の食料国防隊の合同チームです。この大学では半年前から違法ドーナツが流通していたという情報もあり、大学側の管理責任の在り方が注目されます』

画面には違法ドーナツが摘発された大学の外観が煽《あお》りの画像で映し出され、次いで銃を担《かつ》ぎ沢山の段ボールを手に持った食料国防隊が列を成して大学に入って行く様子が流された。

映像の概要を示すテロップが終わると同時に画面がスタジオに戻され、キャスターが隣の席に座る背筋の伸びた筋肉質な男性を視聴者に紹介した。

『……スタジオには、東京特別区食料国防隊本部長、佐東延太郎《さとうえんたろう》さんにお越しいただいております。佐東さん。まずこの違法ドーナツとは、どのようなものなのでしょうか』

佐東と呼ばれた男性は一礼をすると、張りのある声で質問に回答する。

『この魔法のリングは何が魔法かと言うと、若者の間では、沢山食べても太らないドーナツ、ということで魔法と言われていたんですね。何故《なぜ》そんな噂《うわさ》が信じられたのかというと、このドーナツに使われている甘味料が、新種の人工甘味料だからです。戦前までわが国では、人工甘味料は天然の砂糖に比べカロリーがゼロだから食べても太らない、という謳《うた》い文句《もんく》で多くの食品に使用されていました』

『実際に、ゼロと思われてしまうくらいカロリーは低いんですか？』

キャスターの問いに、佐東は苦笑して答えた。

『まぁそれは、毒キノコのカロリーが低いのかと聞かれているようなものでして、カロリーベースで考えれば同じ重量の上白糖などと比べれば低かったようです。でも、現代日本では法的に所持も製造も摂取も禁じられていますから、意味のない話です』

『……でも海外では普通に使用されてるんですよね？　それこそ作られたドイツでは……』

そこに口を挟んだのは、別のゲスト論客だ。

恐らく海外での人工甘味料の使用状況を問いただそうとしたのだろう。だが佐東は強い口調でその問いを遮った。

『ある国で麻薬が合法だから日本も麻薬を合法にすべきと、そういうお話ですか？』

鋭い目で睨《にら》まれた論客は、怯《おび》えたように首を横に振る。

『いえ、そういうことでは……』

『でしたら海外でどのように人工甘味料が使われているかはこの場では意味のないことです。現実問題、確かに人工甘味料の使用を問題視しない国はあります。ですがそれらの国では人工甘味料を原因とした多くの健康被害が報告されています』

『えー、つまりそれほど人工甘味料は危険、ということで、佐東さん、人工甘味料入りの違法食品に出会わないようにするために、我々消費者が注意するべきことはなんでしょう』

キャスターが険悪になりつつあった空気に割って入り違う話題を差し込むと、佐東は表情を和らげてキャスターに向き直る。

『まず第一に、甘い言葉に惑わされないことです。人間に限らず、全ての動物は摂取した食物の質と量に応じて体が代謝します。食べすぎれば太る。これは自然の摂理です。ましてドーナツは本来高カロリーのお菓子ですから、甘味料が変わったくらいで減るカロリーなど微々たるもの。健康的な食生活には、正しい知識が必要です。そもそも肥満に至るような食生活は食料安全維持法に抵触する可能性があります。国民の皆さんには、節度ある食生活を心がけるよう、お願いいたします』

端正なマスクと精悍《せいかん》な体つきでそう告げる佐東の存在感は、モニター越しにも強い圧力を視聴者に及ぼしたことだろう。

スタジオにいるキャスター達にも、それは同様だったのではないか。

『えーまさしく『甘い誘惑』には気を付けよう、ということですね。佐東さん、ありがとうございました』

わずかだが顔を強張《こわば》らせたキャスターがそう言ってニュースを締めくくり、佐東も小さく礼をして画面からフレームアウトする。

『えー、それでは次のニュースですが、北海道州で例年にない低気圧による……』

キャスターが次のニュースに移る裏。画面に映っていない場所でゲストの交代が行われ、佐東は退席する。

上背もあり筋肉質の佐東のその体格は、学生時代のラグビーで鍛えた賜物《たまもの》であり、そばにいるだけで熱量と圧力を感じずにはいられない。

ディレクターに見送られテレビ局を出た佐東は公用車に乗り、運転手に東京本庁への道を指示した。

「いかがでしたか、本部長、久しぶりのテレビは」

「何度出ても慣れないな。緊張してやたらと汗をかいた。本庁でワイシャツを着替えたい」

同乗の秘書の女性の問いに、佐東はニュース中の圧を感じさせない、ある種情けないとも見える顔でおどけてみせた。

「帰庁しても次の予定まで一時間ほど余裕があります。シャワーなど浴びられては」

「そうする。次は警察庁行くんだよね？　苦手なんだよ今の向こうの警備部長。また冷や汗をかいてしまうな。それこそ例のドーナツのせいで色々現場同士がバチバチしてるから」

佐東はげんなりした顔で項垂《うなだ》れると、そのままの口調で言った。

「あとさ、今日のキャスターとゲストのどこかの教授？　いただろ。あれ、よくないな」

「はい」

秘書の返事も、何ら口調は変わらなかった。

「食料安全維持法に疑問を持たせるような意見や、食料安全維持法が担《にな》う責任の重さを茶化すような言論を公共の電波に乗せるわけにはいかないから、引退させといてくれ。方法は任せる。

少しうとうとするから着いたら起こしてくれ」

「承知いたしました」

二人の話を聞いている運転手のハンドルさばきには淀《よど》みなく、それ以上佐東も秘書も会話を交わすことはなかった。

佐東がゲスト出演した報道番組ではその一ヶ月後に急逝《きゅうきょ》、健康上の理由によるキャスターの交代が告知された。

そしてゲストにやってきていた大学教授はその後どのメディアにも呼ばれることはなくなり、大学の籍も消失したが、彼の担当する学科の生徒達が履修登録のし直した以外に、大きな混乱を世の中に呼び起こすことは無かった。

第一章　コッカンバーとゆり根

夏みかんの旬は、春である。

何故こんな字面《じづら》のバグが起きているかと言えば、夏みかんが夏みかんと呼ばれるようになったのが、四月、五月、六月が夏だった時代のことだからだ。

紀元前四世紀頃に大陸で発明された、二十四節気と呼ばれる一年の区分けの方法に基づくと、完璧に合致するわけではないが、概《おおむ》ね現代の一月から三月が『春』で、四月から六月が『夏』となる。

二十四節気は季節に左右される農林事業や水産事業を扱うために歴史的に形成されていったものであり、結果として二十四節気に於《お》いては『夏』、現実の体感に於いては春と形容される時期に旬を迎える柑橘《かんきつ》が、夏みかんとなった。

古代中国に端を発するこの暦法を、日本では更に進化させ、雑節と呼ばれる区分けを取り入れた。

実生活ではもちろんのこと、農林水産業に於いて、日本の南北に長い国土とそれに付随する『四季』は豊かで多様な実りをもたらしてきた。

だが。

「伏せ！」

軍服のような制服を纏《まと》い、腰に銃を提げた男の大気を震わす怒声が響く。

それに合わせ、全く同じデザインの作業用ツナギを纏い、首にメカニカルな首輪をした者達が三十人、土の上に膝と手を一斉に突いて四《よ》つん這《ば》いになる。

「虫取り、用意！」

続く号令で、三十人は四つん這いのまま一歩、前に出て、みずみずしく育ったキャベツに注目した。

「虫取り、はじめ！」

ホイッスルの音とともに、三十人の手がもうすぐ収穫といった趣のキャベツを丁寧に検分し、時には葉と葉の隙間を傷つけないようこじ開けて覗《のぞ》き見る。

二十秒ほどして、再びホイッスルが鳴ると、更に半歩進んで、次のキャベツにとりかかる。

横一列に並んだ三十人のツナギの者達の目の前には、数える気すら失われるほどのキャベツが植わった畑の畝が、果てしなく続いていた。

「あ」

そこから更にホイッスルが三つ鳴った後。

「点検願います！」

一列に並ぶツナギの中で、挙手をした女性がいた。

すると、ホイッスルを鳴らしていた者と同じ制服で、やはり銃を腰に提げた男が挙手をする女性に足早に近づき、該当のキャベツを覗《のぞ》き込む。

「ナメクジ、一、確認！　外葉なので排除で問題なし！」

「外葉、除去します」

ツナギの女性は許可を求め、ナメクジが張り付いていたキャベツの外葉を一枚、除去し、腰に提げていたビニール袋に入れる。

点検が終わると再びホイッスル。

今度は二度吹かれたところで、別の場所でダンゴムシとハムシらしき痕跡が発見され、ハムシの痕跡ありと目されたキャベツは直ちに畝から排除された。

ナメクジもダンゴムシもハムシも、かつてはどんなに遅い時期でも十一月までの害虫とされていた。

だが第三次大戦以前から二十四節気で四等分されていた日本の四季のバランスは乱れに乱れ、春と秋が極端に短くなり、夏と冬が極端に長くなった。

そのため十二月になっても高い気温が続き、結果、昔は秋の終わりにはいなくなっていた病害虫たちを、冬の季節も警戒しなければならなくなっていたのだ。

「点検願います！」

「点検願います！」

「……点検願います」

「点検願います」

畑一面が終わると、また一面。

わずかな昼食休憩があった以外には、朝から夕刻まで、ひたすらに人の手と目で畑と野菜に巣食う病害虫を見出《みいだ》し、駆除し、手遅れの野菜を排除する。

午後四時半になり、稜線《りょうせん》の向こうに太陽が落ちると作業が終了し、全身泥だらけのツナギの三十人は、疲れ果てた動きで一列に並び、畑から離れた道に停《と》められた護送バスに吸い込まれていった。

「……さすがに、今日のはキツかったわ」

夜、消灯時間になって全ての照明が落とされる段になって、矢坂弥登《やさかみと》はようやく呟《つぶや》いた。

「こんな……バカみたいなこと、してたなんて」

独居房内での私語は厳に禁じられているため、消灯し、布団《ふとん》の中に潜らねば独り言の愚痴すら吐けない。

南関東州食料国防隊の三浦半島浄化作戦を、自らと父親の将来と引き換えに叩《たた》き潰して逮捕された弥登は、国営農場である南関東州箱根ＮＦＰに収容され『農場職員』としての作業に従事させられていた。

食料安全維持法は、農業において農薬や殺虫剤を用いることを厳に禁じている。

そして国営農場NFPは国民に遍《あまね》く食料を行き届かせる義務を負うため、必要な生産量を確保しなければならない。

もちろん箱根NFPも例外ではなく、農作物の病害虫の駆除は人間の手で行う必要があり、結果、農場に収容された食料安全維持法違反の犯罪者であり反健康主義者アディクターの重要な刑務作業の一つとなっている。

「うう……」

布団の中でお腹《なか》が鳴る。

朝から晩まで地面に這《は》いつくばって広大な農地のキャベツを点検するという重労働に対し、支給される夕食は最低限の水と麦茶、そして一日三本食べると食料安全維持法が規定する日本人成人の一日の推奨摂取カロリーが補給することのできる国民健康管理食、通称コッカンバーが一本だけ。

重労働や激しい運動をすればその分体が回復のために求める栄養は多くなるが、食料安全維持法はその事態を想定していない。

「農場から出てくるアディクターがいないはずね」

元食料国防隊として常人よりも鍛えられていると思っていたが、それでも空腹には抗《あらが》いようもない。

「……ニッシン」

目を閉じた弥登は、瞼《まぶた》の裏にカップラーメンの幻を見た。

食欲を誘う違法食材の向こうで微笑《ほほえ》む、自分の人生を根底から変えた男の名を口の中で転がし心を奮い立たせようとするが、疲れ果てた弥登の体は微《かす》かな物思いよりも肉体を休息させることを優先した。

あっという間に眠りに落ちた弥登は、この日も夢を見ることは無かった。

※

口に入る全ての食品は、清浄なものでなければならない。

第三次世界大戦を経て国家経済が衰退し、戦前から続く少子高齢化に歯止めをかけられなかった日本は、社会保険料抑制のため、戦後に制定された新憲法の国民の義務に『健康』の文字を書き加えた。

全ての国民は健康であるための努力を怠ってはならず、その義務を国民に広く強制するため、『食料安全維持法』が制定される。

医食同源。全ての健康の源は食にある。

全て国民は、健康であるために健康的な食品を食べなければならず、不健康な食品を食べることは、罪である。

そう決められた。

農産物の生産段階で農薬の使用が禁じられ、家畜や養殖水産物に化学飼料の使用が禁じられた。

最終的にありとあらゆる食品添加物の使用が禁じられ、日本で管理不能な海外の食肉や水産物、農産物は全て禁輸品となった。

食品添加物が禁止されたことでありとあらゆるインスタント食品もまた、第一級の禁制品となる。

食料安全維持法により生産、所持、売買、摂取の全てが禁じられる食品が日本から駆逐された結果、日本は未曽有の食糧危機と食品価格の暴騰を引き起こし、いつしか『アディクター』と呼ばれる禁制食品をヤミ市場で流通させる犯罪者が生まれるに至った。

戦後三十年。アディクターを始めとする食料安全維持法に背く者は、治安機関である『食料国防隊』による取り締まりの対象であった。

食料国防隊員にして食料国防庁次官の娘である矢坂弥登は、浄化作戦で重傷を負い、アディクターの青年ニッシンに救助される。

友軍の救助が見込めないままニッシンに介抱されること数日、弥登は死の色を帯びた空腹に負け、ニッシンの差し出すカップラーメンを口にした。

食料国防隊員としての矜持《きょうじ》を粉々に砕かれた弥登だったが、同時に命よりも食料安全維持法が優先される日本の状況に疑問を抱き、九ヶ月後、単身ニッシンと接触し、アディクターの根城である旧横須賀市《よこすかし》のスラムに身を寄せた。

弥登は横須賀《よこすか》でニッシンとその仲間の月井明香音《つきいあかね》と布滝美都璃《ぬのたきみどり》、その他多くのアディクターの生活の実態に直面し、書類上の統計でしか知らなかったアディクターの真実と、日本の『飢餓』の真相を知る。

第二次三浦半島浄化作戦の存在を知った弥登は原隊復帰し、作戦の総隊長に就任。自身がニッシンに命を救われた際の映像と横須賀の飢餓の真実を自分の正体が分かる形でマスコミにリークし、作戦を発動前に瓦解《がかい》させ、横須賀を再びの危機から救った。

だがその代償として弥登は重要政治犯として緊急逮捕され、アディクターとして国営農場に送り込まれてしまう。

戦前、箱根町と呼ばれた地方自治体のほぼ全域を強固な防壁で囲んだ箱根NFPに弥登が収容されて一ヶ月あまり。

冬の気配も色濃くなり始めるはずの、十二月半ばのことだった。

※

箱根NFPでは、毎週金曜日だけ、朝食に漬物とヨーグルトがつく。

毎日の三食が、食料安全維持法に則《のっと》り製造された国民健康管理食、通称コッカンバーである農場で働く者にとって、この金曜に足される微かな塩気と甘みが、何よりの癒《いや》しとなっていた。

「私の分のヨーグルトが無いように見えるのですが」

だがその食事の支給窓口で配膳されるトレーにあるはずのヨーグルトがなく、矢坂弥登は食料班の職員を見やる。

食料班も弥登と同じ『農場職員制服』を纏っている。NFPでは基本的な生活の雑務は学校のように職員同士が持ち回りで担当するが、食料班は選ばれた『模範囚』だけの仕事だ。

「この間、ニュースでやってただろ」

すると食料班の班長を務めていた女性がやってきて、弥登を小ばかにしたように言った。

「あんたの古巣の大幹部が仰《おお》せの話だ。甘いもんは体に毒。お外で贅沢《ぜいたく》な暮らしに慣れたお姫様は、少し色々控えないとだろ？」

農場職員が起居する『宿舎』のいくつかのコモンスペースには外界の情報を収容されている職員に与えるためのテレビが設置されている。

天候の情報は農場職員にとってあらゆる面で大事な情報であることと、職員の不満を抑えるために許されている措置だ。

ここのところ、多くのテレビ局では都市部で蔓延している人工甘味料が使われた違法食材のニュースを連日報道しており、今も正に続報がテレビから垂れ流されている。

テレビを見やる弥登は、薄ら笑いを浮かべる食料班班長の女性の顔をもう一度見て、小さく嘆息した。

元食料国防隊員。しかも更迭された元次官の一人娘。

弥登の食料安全維持法違反は連日マスコミに報道され、一頃弥登はその美貌と背景も手伝いどんな犯罪者よりも有名になった。

当然、収容された農場でも弥登の顔は知れ渡っており、農場勤務の食防隊員からは裏切者《うらぎりもの》の思想犯罪者と目の仇《かたき》にされ、農場に収容されている『農場職員』の多くからは、仇そのものの扱いを受けていた。

「……」

彼らの気持ちは、分からないでもない。横須賀を知る前の自分なら、同じ感情を抱くだろう。

ある程度の嫌がらせやいじめは、ある意味これまでの行いを見直しこの先を考える材料にすべきと甘んじて受けるつもりでいる弥登は、薄ら笑いを浮かべる食料班に目礼すると、その場を辞そうとして、

「あ」

何かに躓《つまず》き無様に転んで、手にしていたトレーの上のコッカンバーとコップの麦茶、漬物を床に落としてしまった。

「っ！」

普段の弥登ならその程度のことでバランスを崩したりはしない。

だが前日の虫取り作業の疲れが足に来ており、まるで子供のように綺麗《きれい》に転倒してしまう。

開封前のコッカンバーは無事だったが、漬物と麦茶は床に散らばってしまい、頭上からは食料班の忍び笑いが耳に入る。

「あらあら、気を付けないと。折角の金曜の漬物が勿体《もったい》ない」

体を起こして振り向くと、食料班の班長の女性がわざとらしく足をぶらぶら振っていた。

分かりやすく、足を引っかけられたのだ。

「しかし新入りがこうも簡単に食べ物を粗末にするなんてねー。食防隊の幹部ともなると、こんなの食べてらんないのかしらぁ」

そして、ぶらぶら振った足で、弥登のトレーから落ちた漬物を踏みつける。

「あらー大変！　食べ物をこぼしただけじゃなくて踏むなんてー。矢坂さん、これは食安法的に大変ですよー。寮監に報告したら、懲罰ものですよねー」

白々しく大声でそんなことを言う女を咎《とが》める者は誰もおらず、遠巻きに状況を盗み見するだけ。

弥登はそんな空気を肌で感じながら、踏みにじられた漬物とそのつゆの痕を見て、

「はぁーあ」

聞えよがしの溜《た》め息《いき》を吐いて、場の空気を凍らせた。

「こういう幼稚なの、本当にあるんですね」

「あ？　なんだと？」

「木下《きのした》班長、一つ伺います。確かに甘いものは控えた方がいいですね。では、私が控えた分のヨーグルトは、一体誰の口に入っているんでしょう」

木下、と呼ばれた女性は怪訝《けげん》な顔になり、別の班員が声を荒げる。

「お前には関係ないだろ」

「関係あります。お外で贅沢な暮らしに慣れたお姫様は元の仕事柄、誰が何を食べているのかにとても興味があって」

弥登は転がったコップとコッカンバーをトレーに拾い上げてから、

「呼びたいなら呼べばいいじゃないですか。寮監を」

そう言って更に、

「あーあ、もったいない」

木下が踏みつけ床にへばりついた漬物をつまみ上げると、口に入れて咀嚼《そしゃく》したのだ。

「んなっ⁉」

寮監を呼べと言いきったことよりも、弥登が床に落ちて踏まれた漬物を口に入れたことに、けしかけた木下は目を見開いた。

弥登に嫌がらせをした食料班も、遠巻きに見ていた他の職員も、『元次官の一人娘』が躊躇《ためら》わず他人の靴で踏みつぶされた漬物をつまむ姿を恐る恐る見、弥登はその様を冷めた目で見つめ返した。

「逆に驚くんですが、この程度のことでメソメソ泣き寝入りするような女だと思ってたんですか？　私の元の仕事と、どこでどんな罪を犯して来たのかは皆さんご存知でしょう？」

そして弥登と目が合って思わず目をそらしてしまう。

「私の分のヨーグルトが無いということは、誰かが食べたか、食料班の皆さんが個数管理を誤ったということですね。ならば誰かが規定以上の食糧をガメているということで、食料班の皆さんだけでなく、職員全体へ今後ヨーグルトが配布されなくなるかもしれませんね。私の分のヨーグルトを食べた人は、早くカップを処分した方がいいですよ。証拠が見つかれば、規定以上のものを食べた懲罰があるでしょうし」

言っている間に、弥登は踏みつぶされた漬物を全て食べきってしまった。

「ところで木下班長。ゲソ痕という言葉をご存知ですか。犯罪の現場に残っている足跡のことです」

床に座り込んだまま弥登は木下を睨み上げる。

「漬物はもうどこにもありません。ここにあるのは、ベテランのものらしい溝の削れた靴が、この食堂で、漬物の香りのする何かを故意または過失で踏みつぶしたという痕跡だけです。貴重な清浄食品を踏みつぶした、ね」

「こ……この……」

「さ、どうぞ寮監を呼んでください。できるなら、ですが」

膝を払って立ち上がった弥登は、トレーを片手で持ち直すと、歯噛《はが》みする木下に近づき囁《ささや》く。

「あなたが侮《あなど》ったお姫様は、あなた達のような荒くれを相手にヒュムテックで暴れまわった食料国防隊の元隊長です。嫌がらせをするならもう少し頭を使うか、集団で闇討ちするくらいしてください。まあその場合」

最後の一言は、木下の耳にだけ聞こえるように言う。

「骨の一本は覚悟してもらいます。父の後ろ盾が無くなっても、私個人の身体能力には何の影響もありませんし、私、寝起きが凄《すご》く悪くて、朝は物凄《ものすご》く不機嫌なんです」

「ぐ……」

「それでは失礼します。来週はヨーグルトの管理、きちんとお願いしますね」

木下班長とその取り巻きの視線を背中に感じながら、弥登は食堂の所定の場所で食事を始め、所定の時間をかけてコッカンバーを食べ、ゴミとトレーを片付けると、もはや食料班には目もくれず『自室』へと足を向けた。

弥登は農場に収容されたアディクターの中でも特に罪が重い者が入るとされる特別独居房を割り当てられている。

弥登が自由に腰を下ろすのを許されるのは、三畳のスペースに何の仕切りも無い便器と布団があるだけのこの部屋の体を取った独房と、食堂などのコモンスペースの所定の場所だけだ。

国営農場NFPに収容されたアディクターは『農場職員』として職員居住棟に割り当てられた部屋で起居し、食堂で三食を食べ、割り当てられた仕事をこなし、三日に一度入浴し、一日六時間眠る。

「彼女なら、アディクターナメんな！　くらい言ってたかしら」

あのわずか四日の横須賀生活を思い出して、弥登は小さく微笑んだ。

部屋はカメラで二十四時間監視されているため迂闊《うかつ》に、月井明香音の名前を呟くわけにはいかないが、それでも明香音の声が耳に聞こえてくるようだ。

そして、

「……あ、砂が……んぐ、ぺっ」

漬物を食べたときに口に入った砂を摘まみだしてから、鉄格子《てつごうし》の窓の外に見える農場の壁を見上げる。

「でも、きっとあの人も、あれはやりすぎだって怒るわね」

壁を見る度、しおれそうになる心を奮い立たせる弥登の『雇い主』の姿と声、そして本当の名前を心の中で再生する。

すると、その姿に心を和ませる間もなく、部屋の中にブザー音が鳴り響いた。

部屋の入り口にはモニターが設置されており、朝食後、ブザーと共にその日の業務と集合場所が表示されるのだ。

「除草作業……昨日もずっと地面に這いつくばってたのに」

今日の弥登の仕事は所定の畑の除草作業とあった。

畑の除草作業も古い時代であれば冬にそこまで深刻にする必要のない作業だが、冬であっても秋の空気を漂わせる昨今の気候では、まだまだ需要のある作業である。

そして、古くから田畑の除草がオートメーション化されたことはなく、基本は人の手。

戦前ならば除草剤を使ったようなケースでも、今は当然食料安全維持法によって禁止されている。

弥登は思わず自分の手を見た。

「元からそんなに綺麗な手じゃないけど……あの人の仕事を手伝うなら、あんまり手荒れはしたくないいなぁ」

ヒュムテックの操縦桿《かん》を握ってできたタコも、僅かな農場生活で消えるものではない。

「そもそも、血で汚れてたっけ」

弥登は息を吸うと、立ち上がって扉の方を向き、迎えを待つ。

「職員番号29310、矢坂弥登。業務時間だ。出勤用意」

「……職員番号29310、矢坂弥登。出勤用意、よし」

やがて扉の外から号令がかかると、弥登が両方の手を前に突き出す。

弥登がその姿勢になるのをどこかから見ていた農場の食防隊員が現れ、弥登の手に手錠をかけ、所定の場所に連行するのだ。

弥登達農場職員は、大勢の隊員と監視カメラ、そして首に装着させられたGPS信号発信機によって何重にも監視されている。

「今日はただ、お仕事、頑張らないと」

業務時間中の不要な私語は懲罰の対象だ。

そのまま他の職員に合流させられ、弥登は小雨《こさめ》の降る農場へと引き出される。

今日も、農場の一日が始まる。

※

農場職員を乗せたNFPの護送バスから多くの職員とともに下車した弥登は、肌を刺す空気の冷たさに、思わず身を震わせた。

「整列！」

同じようにバスと外の気温差に驚いた他の職員達も皆、食防隊員達の号令に寒さ以上に身を震わせて、大人しく所定の隊列を組む。

空は薄灰色で、霧のように降る小雨が余計に景色を寒々しいものに変えていた。

初めて見る場所の周囲を、弥登は目だけ動かして見回す。

標高の高い道の途中だ。標高は高いが、それでもまだ周囲は山に囲まれている。

道より低い窪地《くぼち》に大きな池があることに気付いた弥登は、そのとき初めて、自分がどこにいるのか理解した。

「本日この作業に従事するのは、箱根NFPに『入職』して二ヶ月経過した、問題を起こさなかった女性職員のみである。箱根NFPでは伝統的に、入職三ヶ月目までに必ずこの『お玉ワーク』をこなすことを職員に課している」

おたまわーく、という響きに、何人かの職員の表情が微かに緩みそうになった。

そのことで、自分以外の職員の大半が自分より若い少女ばかりだと気付いた。

入職二ヶ月ということは農場の過酷な労働に二ヶ月従事していたということなので、決して甘えた顔立ちではない。

それでもアディクター特有の険しさはあまり感じられない、言ってしまえばあどけなさが見え隠れするのだ。

弥登を始め、大人の職員は下手に笑顔を見せれば食防隊員にどんな難癖をつけられるか分からないため必死で笑顔をこらえるが、その『子供達』はまるで朝礼で学校の先生の冗談を聞いたときのような気の緩みを見せた。

恐らく彼女達は『おたま』の響きがどんな意味を持つのか知らないのだ。

「諸君らの目の前に見えるあの池は、お玉ヶ池《たまがいけ》という。そして今諸君らが立っているこの道は、いわゆるかつて旧東海道と呼ばれた道だ」

第二次大戦後から第三次大戦前までは、国道一号が東海道と呼ばれ、旧箱根町の南側の山道をつづら折りに進むこの道は、旧東海道と呼ばれていた。

弥登達の前に立った年かさの隊員は、鷹揚《おうよう》な態度で周囲を手で指し示す。

「かつて『箱根の山は天下の険』という言葉で歌われた通り、箱根の山は人の足で踏破するのに多くの苦労をする場所だった。そしてこの東海道の先には箱根の関所が設置されており、江戸時代、関所破りは死罪もあり得る重罪だった」

そして緩んだ空気に冷や水を浴びせるように言った。

「このお玉ヶ池は、関所破りを目論《もくろ》み捕まったお玉という女が処刑され、切られた首を洗ったという逸話が残る池だ」

江戸の奉公に出たお玉は辛《つら》い仕事に堪えられなくなり、関所を破って故郷の伊豆《いず》に帰ろうと試みたが失敗。

それも、関所で役人に捕まったわけではなく、国境《くにざかい》の柵を抜けようとしてはまり込んで抜けられなくなったところ見つかったのだという。

「箱根NFPは高さ十五メートルの壁に囲まれ、決して中から出ることはできない。貴様らの動きは常に首のGPS発信機で監視され、理由なく壁に近づけばそれだけで警報が鳴るようにできている。脱走を試みるなどの悪質性が認められればその場で射殺もあり得る」

古い逸話にかこつけて新しい職員を脅す隊員の口《くち》の端《はし》は、嗜虐《しぎやく》的に上がっていた。

「つい先日、大雨による土砂崩れで大勢の職員が死んだからな。現在箱根は慢性的な人手不足だ。くれぐれも我々に貴様らを射殺させるようなマネは慎むように」

今話されたことは、お玉ヶ池の逸話以外は農場に入る段階で全て説明されてはいることなのだが、寒空の下で具体的な話をすることで釘《くぎ》を刺したつもりなのだろう。

年若い職員達の震えが、話への恐怖なのか先々への絶望なのか、単に寒さに震えたものかは分からないが、少なくとも食防隊員は『看守』としての絶対的優位から、十代半ばの農場職員が震える姿を見て楽しんでいるということに変わりはない。

「……」

弥登は心底胸糞悪《むなくそわる》くなり、顔を顰めてしまうのをやめられなかった。

自分は、あそこにいたのだ。

法によって飢え、法によって罪を犯さざるを得なくなったものをあざ笑う、あの場所にいたのだ。

同時に、情けなくなった。

横須賀で過ごしている間、はっきりそれまでの生き方に疑問を抱いた。そのことを、最終的には悔やむことのない成長だと思うことができていた。

だが実際にアディクターとして食防隊に敵意を向けられて、どれだけ自分が憎悪《ぞうお》される存在だったかを初めて実感として理解できたのだから。

食防隊という存在の醜悪さと、事ここに至るまでその本質を理解しきれていなかった自分に、心底腹が立ち、怒りで腹の底が熱くなり、そして、また横須賀の人々に会えたとして、一体どんな顔で会えばいいのか分からなくなってしまう。

「これよりこのお玉ヶ池の向こう側、精進池そばにあるゆり根の畑の除草作業へ向かう！」

満足げなリーダー隊員に促され、弥登達は一列ずつ道から池のほとりに降りて、池の縁を通り過ぎ、その奥の小山に形成された獣道を一列になって進んでゆく。

雑木林の中の道なので、三十人からの職員が一列になると、それなりの長さの行列となる。

年少の職員が多いため最初はスムーズに進んだが、起伏が激しく舗装されていない山道を、大量生産品の靴で歩くためとにかく進みづらく、すぐに速度は鈍り職員達の顔も険しくなる。

「あっ！」

少し急な坂に差し掛かったとき、弥登の前を歩く少女が足を滑らせて転倒した。

「大丈夫？」

弥登はとっさに少女を支えると、少女は驚いたように弥登を振り返った。

「ケガはない？」

「……大丈夫」

小さな声でそう言うと、少し戸惑ったように弥登と自分の前の坂を交互に見、前に開けられた幅を詰めるように弥登から足早に離れて先に進んだ。

「……」

受け止めた感じ、特に鍛えられている肉体ではない。横須賀で友人となったアディクター、月井明香音の体は、今の少女と同じくらい小柄ではあったが体はしっかり鍛えられていた。

一体今の少女は、どういった理由で農場に入ることになったのだろうか。

「人に助けられたときには、きちんと礼を言えって教わらなかったのかねぇ。最近の若い子はどうなってんだかな？」

そのとき、弥登は背後から声をかけられた。

小さい声なので聞き間違いかとも思ったが、すぐにツナギの背中を摘まれて声をかけられたということを確信し、一瞬だけ振り返る。

「……なんです。私語は懲罰対象ですよ」

そこにいたのは、弥登より少し年上と思《おぼ》しき女性。そして、弥登とは初対面ではない人物だった。

「先頭と最後尾にしか見張りの隊員はいない。ちょっとくらい話しても、聞きとがめられやしねぇよ」

確かに獣道はかなり狭く、他の作業と違い道々の脇に見張りの隊員が立っている、という状況ではない。

「おっ……とぉ」

弥登に声をかけてきた女性職員は、わざとらしく足を滑らせて膝を突いてみせる。

「おいっ！　止まるなっ！　何をやっている！」

彼女が立ち止まったことで列の進行が止まり、最後尾の隊員が怒声を浴びせてきた。

女性は素早く立つと、

「申し訳ありませぇん！　転倒しましたぁ！」

その場で懲罰を受けても文句は言えないレベルの口調と大声で返し、にやりと笑ってまた弥登に声をかけた。

「あれだけ大声出さないと聞こえない場所にいるんだ。精進池まであと十分くらいかかる。その間、ゆっくりおしゃべりしようよ」

「……私には、話すことはありませんが」

彼女が膝を突いたことで思わず振り返ったので、顔をはっきり見て誰なのか気付いた。

朝食のときに木下とともに弥登が転倒する様を笑っていた食料班の一人だ。

額を大きく出した短い髪と、どこか油断のならない蠱惑《こわく》的な瞳を持った人物だ。

「そう言うなよ。あんた、作業が無いときは独居房で私語厳禁、独り言すらダメなんだろ？　言葉を喋《しゃべ》る機会が減ると、人間あっという間に声が出なくなるもんだ。こんな時くらい仲良くやろうよ。私は戸丸っていうんだ」

「……それでも話す相手は選びます。あなたも、何で急に私と？　木下班長に睨まれますよ」

「ああ。今朝のことな。すまなかった。でも必要なことだったんだ」

「は？」

最終的に相手をやり込めたのは弥登だが、だからと言ってヨーグルトを取られたことを許せたわけではない。

微かな怒気を籠らせて戸丸と名乗った女性を睨むと、戸丸はおどけて肩を竦《すく》めた。

「よくあることさ。あんた有名人すぎて逆にどんなキャラなのか知られてないからな。そういう人間がいると混乱の元なんだ。それこそバカな誰かがあんたをリンチでもしようもんなら、溜飲《りゅういん》は下がっても締め付けが厳しくなっちまう。それじゃ本末転倒だけど、バカはそこまで計算できねぇ。あんたと木下とのやりとりが噂になれば、あんたに余計なちょっかいかける人間は少なくなる。食防隊の締め付けも厳しくならない。そうだろ？」

「物は言いようですね。お話は終わりですか？　あまり監視に睨まれたくないんですが」

「なぁ待てってて。悪かったよ。木下との一件でみんなあんたを見直してんだ。それにさっきのお玉ヶ池の話。あんたあの下らねぇ校長先生のオハナシしやがったバカに噛《か》みつきそうな顔してやがった。ここの奴《やつ》らは、ここに至るまでにある程度心を折られちまってる。あんたみたいに固いホネが残ってる奴は少ないいんだ」

全く要領を得ないことばかり話す戸丸に、弥登はただ戸惑っていた。

不愉快な相手であることは間違いない。だが、戸丸の印象の強い瞳と、益体の無い話の中に微かに潜む違和感が、どうにも弥登の耳を捉えて離さなかった。

「……それで、何なんです？」

「そう警戒すんなよ。こんな場所じゃちょっとでも強い奴とお近づきになっておきたいんだ。ここは実質監獄だ。あんただって分かってんだろ」

「……！」

国営農場を表すＮＦＰとはNational Farming Positionの略称であり、英語で表す意味はあまりなさそうな、日本全土に食料品を届ける誇り高い職場。それが、国の標榜《ひょうぼう》する『事実』であり、それに異を唱えることは実質的な食料安全維持法違反だ。

もちろん農場職員に対して更に食安法違反を適用することは可能であり、農場を監獄や刑務所と公に表明することは、農場侮辱罪という罪に当たる。

だが今、戸丸は平気でそれを口にした。

さすがの弥登も、前後の職員に聞《き》き咎められていないか、食防隊員の耳に今の一言が入っていないかと背筋が寒くなった。

だが弥登の前も戸丸の後ろも暗い顔で足下だけを見ており、隊員から咎める声もない。

「どれだけお上が制限をかけても、監獄には監獄の秩序が形成される。学校に教師からは見えない生徒独自の社会が形成されるようにな。あんたはまだ新人だが、木下を手玉に取った。あいつは新人いじめが好きな奴で、寮監を始めとして、上からの覚えはいい。さっきみたいな極端なことが無い限り、積極的に敵対することはお勧めしないよ」

「……ようやく違和感の正体が分かりました。……戸丸さん」

弥登は初めて、戸丸の名を呼ぶ。

「今日ここには、新人職員しかいないはずです。あなたの言い方はまるで……」

何年も農場に腰を据えているベテランのような物言い。

「そうだ。お近づきの印に、あんたにちょっとした便宜を図ろうじゃないか」

「はぁ？」

だが戸丸は弥登に皆まで言わせず、またぞろヒヤヒヤさせるような大声で遮った。

「今、不便や不満に思ってることはないか？　何か一つ、解決してやるよ。まぁメシにカップ麵を出せとか、農場から出せとか言われても困るけどな。監獄の常識の範囲で何でも言ってみろよ」

「……バカバカしい」

どういうつもりか知らないが、どれほどベテランの職員だろうと、ここでは単に職員同士の生活の取り回しで食料班や洗濯班などの役割を与えられているにすぎない。

農場内での生活の質をどうこうするような権限が職員にあるはずがなく、弥登は戸丸に対する違和感を、本当にただ彼女が弥登に媚《こび》を売って適当に思わせぶりなことを言っているだけと断じた。

「私の独居房は暖房の効きが悪いのか夜とても寒くて。夜眠るとき、もう一枚でも毛布があるとありがたいですね。あと、厚手の靴下も欲しいところです」

少なくとも農場でこんな要望を本気で出せば、それだけで食防隊員に殴られ懲罰房送りになっても文句は言えない。

職員が所持、着用してよい衣類の数と種類は厳密に定められているし、加工すれば自殺や脱走の道具になりかねない毛布など、それこそ夢のまた夢だ。

「毛布と靴下？　一つって言っただろ……まぁいいや」

だが戸丸はどういうつもりなのか、得心したように頷《うなず》き、後ろから弥登の尻を軽く叩いた。

「ちょっと！」

「今度会ったとき、あんたは私と話したくなるはずだ。楽しみにしておきな」

「……何なんですか」

思わせぶりなことばかり言いたい放題言って、戸丸は今度は貝のように黙りこくってしまった。

弥登としても自分からそれ以上声を上げるわけにもいかず、いつしかまた、獣道を行く自分達の足音と冬の山のざわめき以外は何も耳に入らなくなる。

戸丸は十分と言ったが、弥登の体感で二十分は歩いて、やがて弥登達は精進池プラントと呼ばれる畑に到着した。

昨日のキャベツ畑ほどではないが、それでも三十人で除草するには広大すぎる畑だった。

一般的なゆり根の収穫時期は秋とされているが、弥登の見たところこの畑のゆり根は植え付けられてから二年程度。まだまだ植え替えの途中のようで、収穫まで更に三年は待つ必要があるだろう。

弥登の腰ほどの高さに伸びたゆり根の茎の畝の間に分け入って細かい雑草を除去してゆくのは根気と体力と忍耐のいる作業であり、前日の作業で体が疲れ切っていた弥登は何度も転倒してゆり根の茎を折りそうになった。

昼食に隊員からコッカンバーと水が支給された以外に休みはなく、朝から陽が落ちる午後四時まで徹底して草取りを続けた弥登達は、帰りの獣道を歩くことすら怪しいレベルで疲労困憊《ひろうこんぱい》してしまう。

「さすがに……これ、は……」

とてもじゃないが、一食七百キロカロリー弱の薄味のバーと一リットル程度の水で完遂できる作業ではない。

十二月の高地だが激しく汗をかき、失われた塩分と水分とカロリーが全く補給されていないため、眩暈《めまい》と吐き気すら覚える。

獣道をふらふらと歩きながら帰る道すがら、行きとは逆の列で歩いていたため、前に立った戸丸がまた話しかけてきた。

「……はあ……はあ……なああんた、ゆり根、食ったことあるか」

調子の良《い》い性格らしい戸丸もさすがに疲れ切っており、声色の精彩を欠いていた。

「……話は、終わったんじゃないんですか……今、喋る気は……」

「頼むよ。聞いてみてえんだよ……あんたくらいだろ、ゆり根なんか食える家に生まれたの」

「…………多分、一度だけ」

変に拒むと長くなりそうだと考えた弥登は、ぶっきらぼうにそう言い放った。

「……何だよ多分って」

「……はっきり、覚えていないだけです。子供の頃、父に連れられて行った料亭でそれらしき煮物を口にしたのが最初で最後です。そんなに普段から大量に食べたりするものじゃないですし」

「……ほー」

「……はぁ、はぁ……どうかしましたか」

「……別に。あんたみたいなお姫様でも一度しか食ったことねえようなもんが、一体誰の口に入ってんのかって気になっただけだ」

「……はぁ」

「……美味《うま》いのか。ゆり根って」

「え？」

「美味いのかって聞いてんだよ。私はここの作物なんか、ほとんど食べたことがない」

不思議とこの瞬間だけは、戸丸の声を行きよりも素直に聞くことができた。

「……砂糖やサツマイモとは全く違う、独特のふくよかな甘さのあるお料理でした」

「お料理、と来るか。へへへ……」

お玉ヶ池を囲む山を渡る冬の風の音と山道を歩く足音で、戸丸の鼻息はかき消された。

「……あんたの親父《おやじ》は、今どうしてる」

「……さあ。逮捕されてから一切顔を合わせていませんし、どこで、どうしているかも」

「そっか」

やがて、お玉ヶ池が見えてきて、戸丸も声のトーンが落ちる。

「そりゃしんどいな」

「え？」

意外な言葉を最後に、戸丸は口を閉じた。

言わずもがな、向かう先の池のほとりには銃を構えた食防隊員が待ち構えており、さすがにあの人数の前でペラペラと私語を交わしていたらどんな目に遭わされるか分からない。

「あっ……」

そんなタイミングで、今度は弥登の真後ろで力のない悲鳴が起こる。

朝の少女が、膝から力が抜けたように躓き転んだのだ。

弥登は慌てて少女を助け起こす。

「しっかりして。もう少しでバスよ。整列で立たないと、懲罰があるわ」

顔色が白い。ここまで疲労が極まれば体調を崩しても当たり前だ。

「ん………がとっす」

少女は冷たい手で弥登の手を摑《つか》みながら、必死で立ち上がった。

今度は、微かに礼を言われた気がする。

明るい色のバサバサのボブカットで、前髪で隠れそうな目は印象的な灰色がかった緑色。体格は弥登より小柄で線も細い。弥登の寝起きする棟や、日頃利用する食堂では見ない顔だったため、名を知りたかったが、

「整列！」

バスのそばで待っている看守隊員の号令で、全員沈黙での整列を余儀なくされた。

弥登だけでなく、戸丸も弥登が助けた少女も、多くの職員も立っているのが不思議なレベルの疲労だが、それでも号令に合わせて姿勢を正せない者に対し、容赦なく叱責が飛んだ。

弥登も叱責を受け、腰を鞭《むち》のようなもので強打されてよろめきそうになるが、それでも反抗する意志も湧かなかった。

息も絶え絶えに護送バスに詰め込まれ、固いシートに腰かけるとそれだけで眠気で意識を失いそうになる。

だが、職員の身でそんなことが許されるわけもなく、護送担当の隊員に銃口で突かれながらなんとか眠気に耐え、居住棟に帰還した。

「漬物をつけるなら……夜の方にしてほしいわね」

夕食は、やはり変わらず定量カロリーのコッカンバーと麦茶だけ。

「……あのときとは違う意味で、死にそうだわ」

腹に食べ物を入れても、全く癒されないし、満たされない。

満たされないことが、更に体と心を蝕《むしば》み、それでもそれ以上食べ物が支給されることはなく、それぞれ指定の房へと戻ることを余儀なくされる。

「う……ぐ」

三浦半島の大楠山《おおぐすやま》。弥登にとって忘れられない出会いがあったあの変電所跡で、弥登の体力は尽き大怪我《けが》を負い、その目の前にニッシンが、新島信也《にいじましんや》がカップラーメンをつきつけてきたのだ。

命の危機に恐怖し、あの手を取った。

今、独居房の冷たい床の薄い布団に横たわり暗い壁を眺めても、ニッシンは現れない。

「……」

こんなことで、心が折れたりはしない。だが、体は正直なのだ。

体を鍛えてきた弥登だからこそ、激しい労働の後に適正に栄養補給が為《な》されない事態に体が耐えられず、ハンガーノックを起こしかけている。

明日も同じような重労働が続くなら、今度こそ現場で倒れてしまうかもしれない。

「……ニッシン……」

弥登は口の中で、呟いた。

横須賀を去るあの日、ニッシンの頬にキスをした。

あのときは、そこまではっきりと自覚はなかった。必ず彼の元に戻ると約束し、何の根拠もなくその約束を果たせると信じていた。

だが、その約束を果たす自信が、急激に失われていく。

簡単に膝を突くつもりはないが、それでもこの生活をいつまで続けられるか、弥登には全く予想がつかなかった。

この疲労を抱えたまま、どこか危険な場所で転倒すれば、それだけで事故死する可能性もゼロではない。

そうなれば、弥登がどれほど強く意思を保っても、横須賀の、彼の元に帰ることはできなくなる。

約束を果たせなくなる可能性。そこに思い至った瞬間に、弥登は自覚する。

「ニッシン……信也さん……」

彼の本名を呟き、乾いた瞳のまま、言った。

「あなたが……好き……あなたに、会いたい……」

そのときだった。

「職員番号29310、矢坂弥登！」

来るはずのないタイミングで突然号令がかかり、弥登は目を見開いて息を呑《の》み、よろよろと体を起こした。

独居房入り口の監視窓からは食防隊員の顔がのぞいており、弥登がなんとか立ち上がると扉が開いて、タブレットを手にした隊員と、何やら荷物を抱えた隊員、そして警護の隊員の三人が立っていた。

そしてタブレットの隊員が、信じられないことを言い出したのだ。

「差し入れだ。受領しろ！」

「さ、差し入れ、ですか？」

予想外すぎる事態に、弥登は思わず尋ね返した。

普段なら受領の応答をしなかったことを咎められる場面だが、やってきた隊員側も弥登と同じく困惑した様子で頷いた。

「その通りだ。荷ほどきは我々がやる。壁を向いて、両手を上げろ」

どうやら彼らにとっても、想定外の出来事であるらしい。

ここで逆らっても仕方が無いので、弥登は命令通りに壁に向かって立ち、筋肉が悲鳴を上げる両手を必死で上げる。

見えない背後で大きな柔らかいものが床に置かれる音と、それを包んでいたであろうビニールか包み紙かが剝がされる音がした。

「姿勢直れ」

号令通りに両手を下ろし振り向いた弥登は、独居房の床に置かれているものを見て、

「えっ？」

思わず声を出してしまった。

一体どういうことか尋ねようとしたが、やってきた隊員は既に独居房の扉を閉じて立ち去ってしまっており、何も聞くことができなかった。

そこにあったのは、古いが清潔そうな毛布と、新しい厚手の靴下だったのだ。

監獄の常識、という言葉が蘇《よみがえ》る。

こんな差し入れはあり得ない。

あり得ないが、今日の朝、戸丸に話した戯言《たわごと》が今、目の前に実現している。

「毛布と、靴下……」

先ほどまでの、心を弱らせた空腹すら吹き飛ぶような思いで、弥登は届けられた毛布と靴下

に触れる。

寒空の下で不敵に笑った戸丸の顔が思い出され、弥登は唸《うな》った。

「こんなにあっさり意図通りになるのは癪《しゃく》だけど、確かにもう、一度話をしてみたくなったわね」

第二章　魔法のリングと刺身定食

箱根ＮＦＰに於いて、土曜と日曜の扱いは変則的である。

農業や水産業に『休み』の概念は存在しないが、人間は休まなければ生きていけない。

事実上の監獄であり、その『囚人』である農場職員も、週に一度の休みがある。

休みに割り当てられるのは原則土曜日か日曜日のいずれかで、休みになるのかはその日の朝になってみないと分からない。

担当業務が農作物の収穫に当たってしまった場合、下手をすれば日も昇らない早朝に叩《たた》き起《お》こされるため、その絶望感は相当のものだ。

だがそういった業務に当たらず休みになったとしても『囚人』に休みの朝寝坊など許されない。

朝六時の起床時間厳守は変わらず、食事時間と入浴時間以外は房から出ることを禁止され、普段はその日の業務内容のみを告げるモニターには農場と農水産業の素晴らしさ、そしてアディクターの愚劣さ卑劣さを喧伝《けんでん》するプロパガンダ映像がノンストップで流れるのだ。

特に弥登のような独居房に入れられた職員にはこれはなかなか心に来るものがある。

何もやれることがないのにただ止めることのできない退屈なプロパガンダ映像が目と耳から

入って来る。

休みなので昼寝は許可されているが、ここでは一度睡眠サイクルを崩してしまうと休み明けに早朝業務が割り当てられた場合、睡眠時間が足りず怪我や体調不良の原因になりかねないのだ。

普通に生活していても、とにかく寝起きが悪い弥登である。

ここでは過剰な寝坊は体罰や食事抜きを伴う命に係わるレベルのリスクがあるため、鉄の意志で目覚めるが、それでも体がついて行かない日はどうしてもあるのだ。

「……体はキツいけど……今日は、休みじゃなくてよかった気がするわね」

布団の中で横たわったままモニターを目だけで見上げた弥登は、茫洋《ぼうよう》と呟いて起き上がる。

この日は、比較的体力の消耗が少ないゴミ捨ての担当だった。

単にゴミ捨てと言っても、旧箱根町全体という広大なNFPの生産資材を初めとした様々な農業廃棄物を回収する作業であるためスタミナは必要だし時間もかかる。

だが丸一日強制的に地面に這いつくばらされるような作業よりはずっとマシだ。

弥登は軋《きし》む全身に喝を入れて布団から立ち上がり、支給された毛布と元からあったせんべい布団《ぶとん》を綺麗に畳んで部屋の隅に置き、食防隊員が来るのを待つ。

NFPの場合は居住棟の食堂か、看守隊員監視の下で、作業現場で食べる形以外は飲食と認められていなかった。

囚人の食事管理の方法としては非効率極まりないが、かつて房内で食事を取らせる形のNFPで、職員がコッカンバーを不正に備蓄し、闇のコッカンバー経済圏が成立してしまったことがあり、以後、全NFPでは食事を厳密に管理することになったと聞いたことがあった。

「……おはようございます、木下班長」

「え？　あ……！」

それだけに、職員だけで構成される食料班はある程度の『模範囚』が抜擢《ばってき》されるはずなので、食堂に踏み込み木下の顔を見た途端、弥登はつい声が低くなってしまう。

木下の方も、弥登に威圧されてしまった恐怖と、大勢の前でヘタを売った羞恥がないまぜになった顔を赤くし、弥登を睨みつける。

だが、今の弥登は木下に用があるわけではない。たまたま一番手前にいたから声をかけただけのことだ。用件は別にある。

「戸丸さん、いらっしゃいます？」

「は？　何よいきなり」

「聞こえなかったんですか？　戸丸さんの姿が見えないようですが、今日は早朝作業にでも出ているのですか」

「そんなこと、あなたに話す理由ないで……っ」

木下は弥登を追い払おうとして、胸倉を摑まれて強い力で引き寄せられ喉の奥で悲鳴を上げる。

「昨日のヨーグルトの恨みをここで晴らしてもいいんですよ？　こっちは疲れて眠くてイライラしてるんです。ちょっと喧嘩《けんか》して多少懲罰を受けてでも寝落ちしたいくらいには」

「……く……は、離しなさいよ」

元はそれなりにお洒落《しゃれ》に気を遣っていたのだろう。

今はバサバサになってしまっているが、元はこだわってパーマをかけていたことが見て取れる短い髪を振り乱して、木下は弥登を引きはがした。

弥登も本気で掴みかかっていたわけではないため、素直に手を離す。

二人の衝突を遠巻きに見守る食料班の中に、今のところ戸丸の姿はない。

「何よ。ったく……」

舌打ちをして目をそらした時点で負けた木下は、思いきり顔を顰めながら言った。

「戸丸？　戸丸ね。あいつ、今日はいないわよ」

「早朝作業ですか？」

「今日というか、そもそもあいつ食料班じゃないし」

「は？　どういうことです？」

農場職員の中で、他人の口に入るコッカンバーを扱うことを許されているのは食料班だけだ。

その任命権は当然農場側にあり、やりたい人間が適当にやっていいことではない。

「昨日はたまたま二人、食料班の中から早朝作業に割り当てられてた奴がいたのよ。戸丸はその穴埋め。昨日だけの臨時班員。だから今日はここにはいない。分かった？」

「臨時……班員？」

「新参のあんたは知らないだろうけど、少し前の土砂崩れで結構な数の人間が死んでるのよ。それでうちの居住棟も人手不足なの。だからよそから回されてきたんだと思うわ。でも今日は人が足りてるからここにはいない。分かった？」

そんな仕組みは聞いたことが無い。

職員としても、食防隊員だったときの常識に照らし合わせてもあり得ないことだった。

NFPの食料班には、かつての刑務所のような一汁三菜を配膳するような手間はない。

人員が割り当てられているのは単に食堂に運び込むコッカンバーの量がそれなりなので時間内に食事を終えさせるための輸送人員が必要なのと、誰が食べて誰が食べていないかを記録させるためだ。

なので通常、どのNFPでも居住棟一棟につき食料班は最大四人から五人。

体調不良や予期せぬ『退職』などに備えての人数であり、同時に三人以上が早朝作業に割り当てられることがないようシフトも調整されているはずだ。

だからこそ、一人二人が早朝作業に割り当てられたからといって、どこかからヘルプがやって来ることなどあり得ない。

昨日は戸丸と木下を含め、朝の食料班は四人いたはずだ。

ならば、NFP側には人員を敢《あ》えて補充する理由が無いはずである。

「それじゃあ今日、戸丸さんはもう朝食には来ましたか？　それで確認できるはずですよね」

班の一人が記録のために持っているタブレットを見ると、木下はまた舌打ちした。

「来てないわよ。そもそもあいつの名前、名簿に無いし」

「何の冗談です？　それは確かなんですか？」

箱根NFPの居住棟は、弥登達が起居するここだけではない。

旧箱根町は広大であり、地域ごとに扱う農作物が異なるため、地域ごとに職員の居住棟が設置されている。

だが、食安法はアディクターによる農場内の情報交換を極度に恐れており、農場職員の配置転換には異様なまでに気を遣う。

大体のアディクターは一度入った居住棟がそのまま終《つい》の棲家《すみか》となるはずだが、木下は名簿の中に戸丸の名が無いと言い出した。

それは即《すなわ》ち、戸丸がこの居住棟の職員ではないということだ。

居住棟に番号やアルファベット、もしくは名前がついていないのは、職員に他の居住棟がいくつあるかを知られないためだ。

それも職員同士の連携や共謀を防ぐのが目的であり、弥登が独居房に入れられているのはこの理由が大きい。

現役隊員だった頃の弥登は研修で箱根ＮＦＰを訪れており、最低三つの職員居住棟があることを知っている。

だが逆に言えば農場勤務でない隊員には正確な居住棟の数が知らされないくらいに管理が徹底しているため、ますます戸丸がこの居住棟にいない、という事実に当惑してしまう。

黙ってしまった弥登に、木下は眉を顰め、聞えよがしの溜め息を吐いた。

「ちょっと。いつまでそこに突っ立ってるの。後がつかえてるのよ。さっさと自分が食べる場所に移動して」

「あ、はい。いえ、もう一つ」

「は？　何よまだ何かあるの!?」

「私と似た髪型で、十五、六歳の、瞳の色が薄い緑色に見える女の子を知りませんか？」

「知らないわよ！　そんなのいくらでもいるわ！　ここんとこそれくらいの年齢のガキが大量に入ってきてるから、いちいち個体識別なんかしてないわよ！　ほら、早く行って！」

少し突っつきすぎただろうか。大声を出す木下から逃げるように、弥登は食堂の所定の席に移動した。

食堂での食事は定位置が決められており、首のＧＰＳ発信機と座席がリンクするようになっている。

弥登の席は長いテーブルの端で、テレビ端末がすぐそばにあり、どんなつまらないニュースでも外の情報を聞ける食事のこの時間が、弥登のわずかな楽しみだった。

『横浜シェルターでまた、魔法のリングが摘発されました。これで今月、五度目の検挙です』

「魔法のリング……」

ここのところ食堂で見ることのできるニュースの大半がこれだ。

農場側としても食安法違反を取り締まり問題視するニュースを流すことは公益に適《かな》い、農場職員へのささやかな啓発にもなるから、特に制限せずに流しているのだろう。

人工甘味料を使って低カロリースイーツを謳《うた》い若者の間に普及し始めているドーナツ、通称魔法のリングは、弥登が隊員だった頃から南関東州食料国防隊ではある程度認知されている存在だった。

ただ、人工甘味料を使った違法食材は定期的に摘発されるため、食料国防隊内で全く違う案件の違法スイーツであっても『また魔法のリングが出た』と通称で呼んで広がっていたため、弥登自身は今の横浜シェルターで問題になっている魔法のリングと過去の魔法のリングがどこまで同じ物なのかどうか、判断はできなかった。

ただ、もし同じものだった場合、摘発の頻度は明らかに異常だった。

以前なら、多くても三ヶ月に一度どこかで摘発されれば多い方だったものが、弥登が農場に入れられてからというもの、世の中はこの話題で持ち切りらしい。

違法食品所持の容疑で摘発されているのが十代の若者中心であるため、より重大な社会問題化しているのは分かる。

分かるが、若者に流通する違法な物品は、末端消費者の若さゆえの管理の甘さから摘発が容易なことも多い。

末端の売人やチンピラを捕まえても意味が無い、という意見は多いが、摘発数が多ければそれだけ背後の組織に近づく機会は増えるし、背後の組織に至らずとも摘発されシノギにならないと判断されれば結果的に末端消費者が違法食材に接触する機会を減らすことができる。

いずれにせよ、これだけ連続して摘発されていれば、ブラックマーケットの市場原理的にも流通量が制限されるはずだが、弥登が逮捕されて以降はその気配が全くない。

弥登が横須賀で見た違法食材は、魔法のリングのような加工食材ではなく、海外から密輸入された食材か、カップ麺のようなパッケージングされた食品がほとんどだった。

だが魔法のリングは、衛生管理のされていない紙箱に複数個入りで売られていることから、少なくとも調理を国内でやっていることは間違いないと目されている。

現状で摘発された事件は横浜を中心とした南関東州、そして東京南部に集中しており、これだけ狭い範囲でこれだけ摘発されているのに、事件の尻尾も摑めないというのは弥登の持つ食防隊の常識に照らし合わせて、考えづらいことだった。

「ここに入ってから、自分が常識だと思っていた世界が全然違うように見えるのは、なんでなのかしらね」

　弥登は自嘲気味に呟くと、コッカンバーをよく噛んで胃に落とし、水をゆっくり飲んでから立ち上がる。

「木下班長」

「……何よ」

　トレーを片付ける際、返却受付にいた木下に、弥登はまた声をかける。

　木下は嫌そうに顔を顰めたが、弥登から声をかけられるのは予想していたようだ。

「もし戸丸さんがまた食料班に来ることがあったら、教えていただけますか。あと分かるようなら、さっきお話した女の子の名前も。緑色の目が印象的なので、そんなに苦労はしないはずです」

「……何で私がそんなことしなくちゃなんないのよ」

「教えていただけないなら、毎日毎食あなたと班員の皆さんに聞き込みすることになりますが、それでもいいなら」

「……本当いい性格してるわね。さすがは元食防隊員だわ」

　木下はただでさえ嫌そうな顔を更に嫌そうに歪《ゆが》めて、吐き捨てるようにそう言い、邪険に弥登を追い払った。

　だがその態度の中に承諾の意思を感じ取った弥登は、それ以上は追求せずに食堂を辞し、今日の割り当てられた作業に向かうべく、大きく息を吐いたのだった。

それから一週間、弥登は戸丸にも少女にも会うことができなかった。

少女に会えないのは、仕方ない部分がある。

農場の仕事はある程度年齢や前科前歴を考慮して割り振られている。重要政治犯であり治安維持の職に就いていた弥登と、十代半ばの少女は、同じ居住棟に収容されていようと、同じ仕事や時間帯に動かないことは理解できた。

だが戸丸は話が違う。木下の言うように戸丸が別の居住棟の職員だった場合、逆に食堂で会うどころか同じ農作業班に割り当てられることすらあり得ない。

それでもあの日、戸丸は食料班に潜り込み、入職三ヶ月以内の新人として弥登と同じ作業班に潜り込んでいた。

食堂で木下に話を聞いたときには食料班に関する違和感にしか気付かなかったが、よくよく考えればおかしいことだらけだ。

あの日お玉ヶ池までは、居住棟から護送バスで向かったのだ。

乗る職員の数は厳に管理されているはずで、そこに戸丸がいたということは、食防隊員もそのことを承知していたということになる。

そして、毛布と靴下の差し入れも、独居房を管理する隊員が持ってきたものだ。

戸丸に会った日から数えて六日。全身を苛《さいな》む疲労と襲い来る眠気に耐えながら、唯一落ち着いて思考を巡らせることができる消灯時刻に、弥登は戸丸について考えを巡らせた。

「……公安課、かしら」

これまで戸丸が弥登にアクセスするためにしてきた行動は、必ずどこかで農場側の管理を通り抜けなければならないものばかりだ。

普通に考えて一農場職員にできるはずもないことばかりで、逆にそれができる人間はどんな立場かと考えると、自然に思い当たったのが食料国防隊公安課の存在だ。

警察と同じく食安法に係る事件の捜査権限を持っている食料国防隊とその上部組織である食料国防庁には、公安組織が設置されている。

その役割も警察公安と大きくは変わらず、食料安全維持法を脅《おびや》かし得る国内外の集団を取り締まる組織であり、秘匿性の高い任務に従事するため、実際に配属された人間でなければ詳細な業務内容を知ることは不可能に近い。

それでも一般常識レベルならば公安課の仕事は誰でも理解できるものだ。

それこそ横須賀のような組織的なアディクターが根付いている場所は定期的に公安が内偵しているし、取り締まられる側も公安を警戒するのが常識だ。

そして忘れてはならない公安の大きな役割が、身内を疑う仕事である。

治安維持組織とその構成員は、時として彼らが取り締まるべき犯罪者と癒着する。

治安維持組織と犯罪組織との癒着は国家の法秩序を根底から揺るがす事態であるため、そういった組織の膿《うみ》を洗いだすため、仲間や身内を疑い内偵し、綱紀の粛正の一助とするのだ。

弥登は元食料国防庁事務次官の娘で食料国防隊の裏切者。

三浦半島殲滅作戦失敗の原因を探るため、公安課にマークされる可能性は十分にある。

「でも……」

弥登は眠い目を必死で開きながら、今自分の体を包む毛布を見た。

戸丸が食料国防隊の公安課の人間だと仮定した場合、分からないのがこの毛布と靴下の差し入れだ。

自身を信用させるための飴《あめ》と考えられなくもないが、既に罪を犯して収監されている弥登にこの程度の便宜を図ったところで、引き出せる情報などたかが知れている。

それに、飴を与えて信用させたいなら、飴を与えてすぐに接触できるようにしておかなければ意味が無い。

だがあの奇妙な日からもう一週間経《た》ち、弥登は戸丸の影すら踏めていない状態だ。

「もう少し、話を聞いておくべきだったかしら」

だがもしかしたら、あの日の接触だけで戸丸が目的を達成し、これ以上弥登と接触する必要はないと判断した可能性もゼロではない。

思わせぶりなことを言いはしたが、予定が変わって引き上げてしまっても、戸丸には弥登にそのことをいちいち断る理由も義理もないのだ。

「それはそれで失礼な話よね」

勝手に戸丸の事情を想像しながら勝手に憤慨する弥登。

だが戸丸が公安であるという考えはそれなりに筋が通っていて、弥登のこれまでの常識に合致するものであるため、それに対する反証が思いつかなくなってしまっている。

「……寝よ」

とりあえず、考えがまとまってしまった以上、今の頭と体ではこれ以上考えても仕方がない。弥登は観念して眠気に身を任せて眠りの闇に落ちた。

そのまま全く眠った気もしないまま朝の六時に目覚め、大あくびをしながら体を起こし、モニターに表示される今日の作業内容を確認すると、意外な文字が目に入った。

「水路の掃除？」

農場に来て初めての作業だ。集合場所は護送バス乗り場。概要は灌漑《かんがい》設備の保守点検とあった。

箱根は水の豊かな土地だ。

芦ノ湖《あしのこ》を水源とする多くの河川は勿論《もちろん》のこと、箱根山の豊かな地下水は川となり温泉となり、箱根を色々な意味で潤し続けている。

これまで作業に従事した農地の灌漑についてあまり意識して見てこなかったが、概ね機械式の散水設備があったように思う。

農場は清浄な食品を作る義務を負っているため、機械的な設備に作業を依存することを極度に嫌う。

極端な例で言えば、ガソリンと電気のハイブリッドで動く護送バスや、農作業用多脚機動躯《く》体《たい》ヒュムテックは、ガソリンの排気ガスが農作物に影響を与えることを防ぐため、農地の縁から百メートル以内に近づいてはいけないというルールが設けられている。

コンバインに代表されるハーベスターの類も、起伏の激しい山地であることを理由に導入例は弥登が知る限り皆無だ。

北海道の十勝NFPでのみ、水素燃料ハーベスターが導入されていると聞いたことがあるが、ガソリン燃料は護送バスと同じ理由で農地に近づけられず、EV方式は稼働《かどう》中に放射される電磁波が農作物に与える悪影響が甚大《じんだい》であるとされ、導入の検討すらされていない。

その点散水設備は電源を農地から遠くに作ればよいという理屈で、ほぼ全てのNFPで機械化されている。だが機械化されたその散水設備がどういった水源から取水しているのかまでは考えたことがなかった。

弥登はそういったことを思い起こしながら、恐らく今日は散水設備の水源水路に溜《た》まった枝や枯葉などの掃除を一日中やることになるのだろうと想像した。

水路の掃除を、岸からトングなどでやるわけがなく、冬の冷たい水に分け入ることになるのだろう。

どの程度の水深の取水源で作業をするか分からないが、この季節に水の中に入るのなら、レンコン掘りで使うような分厚いゴムの胴付長靴くらい使わせてもらえるのだろうか。

まさかいつものツナギのまま水に入らされたりはしないか、いやそれくらいやりかねないと勝手に想像を膨らませ、げんなりしながら食堂に向かうと、食堂の入り口で木下が手持無沙汰な様子で立っていた。

そして木下は弥登の姿を認めると、つまらなそうに手のタブレットを振って弥登を手招きする。

憂鬱な朝に木下に絡《から》まれたくはなかったが、戸丸探しを依頼している手前あまり邪険にもできない。

「……何か御用ですか」

「ご挨拶じゃない。人に頼み事しておいて」

弥登の態度が気に食わない木下の声は険悪だ。だがそれでも木下は食堂の中を親指で指し示すと一言だけ、言った。

「来てるわよ」

弥登の全身から、眠気とだるさが一気に吹き飛ぶ。

誰がなどと問うまでもない。

「助かりました。ありがとうございます。木下班長」

弥登は気合いを入れる意味で自分の両頰を強く叩くと、木下に深く頭を下げた。

「ま、まあ、それほどのことじゃないけど……」

礼を言われたことに驚いたらしいしどろもどろの木下のことはこれ以上相手にせず、弥登は意気込んで食堂へと乗り込んだ。

食料班の面々も、弥登の顔を見るなり一斉に同じ方向に目を向ける。

それは弥登が朝食を取る際に指定される席の真向かいだった。

NFPに来て一ヶ月と少し。食事の時間に真向かいに戸丸がいたことは一度として無い。外で木下に予告してもらわなければ、不意を打たれて戸丸の調子に乗せられていただろう。

弥登はコッカンバーのトレーをへし折らんばかりに握りしめながら、どっかりと自分の席につく。

「そろそろ、私のことしか考えられなくなった頃かと思ってね」

人を食ったような顔の戸丸は、弥登の意気込みを楽しむかのようにそう言った。

「私、案外チョロい女なのかもしれません。まんまとあなたに会いたくなっていました」

どうせ見破られているのなら、取り繕ったところで意味はない。弥登は全身から警戒と挑戦のオーラを全開にして、戸丸と相対した。

※

「どうだい？　ここならちょっとくらい声を出したところで、誰にも聞こえやしないだろ」

戸丸がにこやかな笑顔でそう言い、弥登も苦笑せざるを得なかった。

護送バスで向かった担当作業エリアは、コンクリートで護岸された幅広の取水用水路の一角だった。

二十人からの人間が上流から下流、三百メートルほどの距離の水路に溜まったゴミの除去を命じられる。

十メートルごとに五十センチほどの段差が作られ、段差がある水中には上流から流れてくる植物の枝や葉や砂礫《されき》をせき止めるフィルターの役目を果たす格子《こうし》が設置されていた。

この格子が目詰まりを起こすと水が格子を越えて溢《あふ》れ、上流の木くずや砂礫が下流に流れてしまうため、定期的にフィルター掃除をする必要がある、というわけだ。

造成された水路ではあるが、自然の水流を極力妨げないよう川底にはジャリが敷き詰められ、川の形も自然の流れに沿い、段差はそのまま小さな滝になっているためかなり水音が騒々しい。

ちょっとくらいどころか、大声で話さないとすぐ隣にいる戸丸の声が聞こえないほどだ。

「足を滑らせないように気をつけろ。ここでは毎年、川底の砂に足を取られて何人か溺れ死んでるから！」

「御忠告痛み入ります！　川遊びなんて、生まれて初めてですよ！」

フィルター格子に溜まっているゴミの量はかなりのものだった。

木くずや枝葉は良いとして、食料国防隊が管理するＮＦＰの中とはとても思えないような、何かのパッケージのビニール片やプラスチック片。元が何だったのかも分からないゴム片や金属片が川底からごっそり上がって来る。

「まず最初に、お礼を言わせてください。おかげで夜の布団が、少しはマシになりました」

「そりゃよかった。大事に使ってやってくれ」

「でも靴下は、なかなか洗濯に出す勇気が出ませんね。うっかり洗濯班に汚れ物として出したら、二度と返ってこない気がします」

「おいおい、まさか一週間洗濯もせずにずっとあの靴下履いてんのか⁉　マジかよ逆に尊敬するわ！　さすが踏まれた漬物平気で食うだけあるぜ。あんた本当に元食防隊か⁉」

「折角手に入れたものを妬《ねた》み嫉みで銀蝿《ぎんばい》されたくなくなっちゃいまして！　それに気持ち的には、逮捕された時点でアディクター見習いくらいの気分でしたから！」

銀蝿とは、平たく言えば窃盗である。

元は第二次大戦当時の帝国海軍で食料を盗むことを指したのだが、それが時を経て軍隊や警察などの武力や治安維持権能を持つ組織内で同僚や部下や後輩の物を非合法に『パクる』行為全体を指すようになった。

食料品の窃盗は現代では重罪だが、逆に言えばよほど大規模でなければ組織内の窃盗行為が隠蔽されがちなのは今も昔も変わらない。

まして事実上の監獄であるＮＦＰで、元食防隊員として恨みを一身に買っている弥登に対し、銀蝿が起こらないはずがないのだ。

うら若き乙女が靴下を一週間も洗濯せずにいるなどそれだけで憤死ものだが、ここでは洗濯も決められた係の者しか自由にすることができない。

ツナギは三日に一度の洗濯が義務付けられていて替えも各人二着支給されているが、差し入れの靴下などという贅沢品は農場の規定には存在しない品だ。

「いやあ、やっぱあんた素質あるよ。目ぇつけて正解だったぜ」

「光栄です、と言いたいところですが、あなたの正体も行動の理由も分からない内は、素直にそうとは言えないですね。公安ですか？」

搦《から》め手《て》で攻めることは得意ではない自覚があるため、真《ま》っ直《す》ぐ疑問をぶつけてみると、戸丸はしばし目を瞬《まばた》いた。

「こーあん……コーアン、あ、公安か！　ええ？　何でそーなるんだよ！」

「それくらいしか思いつかなかったので」

とぼけているのか、本当に違うのか、弥登の目では判断できない。

「想像力たくましくしてくれたとこ悪いけど、残念ながら私はあんたと同じ、外でヘマしてブチ込まれたただの農場職員だよ」

「あれだけのことをされて、私がそれを素直に信じないことくらいは想像できるでしょう？」

「信じる者は救われるって、昔から言うだろ」

「信じてたものが何も救ってないことに気付いたから、私は今ここにいるんですよ」

「それに気付いた奴が元食防隊、しかも幹部隊員なんだから、運がいいのか悪いのかって感じだよなー」

今度はわざとらしいとぼけ方をして、戸丸はしばらく川底を浚《さら》う動きを繰り返す。

「私の正体を知ったら、その後は人としてギリギリ最低限の生き方をするか、誰にも知られない場所で孤独に死ぬかの二択しかなくなるが、それでもか？」

言葉の調子は変わらない。

それがかえって戸丸自身の覚悟を表していることを感じることができた。

弥登は分厚いゴム長靴を貫く水の冷たさに顔を顰めて言った。

「私はアディクターとして死ぬか、大切な人の命のために誰にも自分の死を知ってもらえない農場行きを選ぶかの二つしかなかったんです」

横須賀に食防隊の元部下の松下真優と古閑《こが》慶介《けいすけ》が弥登を探しに来たとき、真優がこぼしたほんのわずかな一言から、弥登は横須賀に大きな危険が迫っていることに気付いた。

それはかつて弥登自身が、横須賀を殲滅するための作戦に従事していたからこそ気付けたことだったように思う。

そのときの弥登の選択は、横須賀でお世話になった人達に警戒を促し彼らと共に戦うか、食防隊に戻って内部から作戦を破綻させるかの二つに一つしかありえなかった。

そして弥登は、自分の存在が根本的に横須賀の水に馴染《なじ》んでいなかったことをよく理解していた。

個人的に弥登を信用してくれていた人はいるにはいた。

だが彼らだけを動かしたところで、横須賀に迫る破滅の未来を退けるには到底至らなかっただろう。

自分は、たった四日一緒に過ごしただけの人々を守るために、喜んで死の道を選んだのだ。

浄化作戦本部での、父の憔悴《しょうすい》し興奮した様子は、未《いま》だかつて弥登が見た表情の中で、最もおぞましく、最も悲しいものだった。

浄化作戦本部で自分がカップ麺を食べている映像を流出させたとき、逮捕されて全てを失い農場行きを想定し、結果その通りになった。

だが父の胸中次第ではあの場で射殺されていても全くおかしくなかったのだ。

「今更死ぬの恐れて生きる道に怯えるようなこと、しませんよ」

「そっか。外ならいいアディクターになりそうだ。中でもそうであることを祈ってるぜ」

戸丸は思いのほか強い力で弥登の背を叩くと、またぞろ信じがたいことを言い出した。

「今夜、消灯時間が来たら迎えに行く。しんどいだろうけど、寝ないで待ってな」

希望したその日のうちに、毛布と靴下を用立てた戸丸だ。

それくらいのことはするだろうと想像はしていたが、実際に自信満々に言われるとどうしたって驚いてしまう。

意図を問いただしたいと思った矢先、戸丸はこれ以上ないくらいわざとらしく弥登から距離を取って、集めたゴミを設置された収集ボックスに放り込み、そのまま戻ってこなかった。

「こっちが聞きたいことは、後のお楽しみ、ってところかしら」

弥登は諦めて、渡された袋の限界までゴミを貯《た》めてから水から上がる。

「あ」「あ」

そのときだった。たまたま同じタイミングでゴミを捨てに来たのは、ゆり根畑への行き帰りで出会ったあの緑色の瞳の少女だった。

「……こんにちは。体調、悪くなさそうで安心したわ」

弥登がそう声をかけると、少女は困ったように弥登から視線を外す。

「私は矢坂弥登っていうの。もしかしたら、ニュースとかで知ってるかもしれないけど」

「……ノゾミっす」

「え？」

「北園希美《きたぞののぞみ》っていいます。仲間からは、ゾノノって呼ばれてました」

「それは、ちょっとユニークなニックネームね」

急にニックネームまで言い出すあたり、少し人見知りだが性格は明るいのだろうか。

希美と名乗った少女は、小さく頭を下げた。

「この前は、ろくに挨拶もせずにすんません。ここのルールがよく分かんなくて、私語で看守に殴られたりしたらイヤなんで、お礼も言えませんでした」

「お礼を言われることはしてないわ。……また、会えたら会いましょう」

「っす」

随分とボーイッシュな物言いをする少女だが、一体何をして農場に入れられたのだろう。都市圏ならまだ学校に通っている年齢の少女。できれば励ましたかった。

だが、弥登の立場で彼女を励ますことなどできない。

そんな資格は自分にはない。希美が自分に強い敵意を抱いていないのは、彼女がアディクターとして食防隊に接した経験がほとんどないからだろう。

空になった袋を手に持ち場に戻って行く希美を見やりながら、溜め息を吐いた。

初犯だったのだろうか。

「……それも、聞くわけにもいかないわね」

そこからは弥登も持ち場に戻ってずっと同じ場所でゴミ掃除を続け、終了の合図が出たのは午後三時。

日が落ちる前とはいえ、流れる水に抵抗しながら冷たい川で半日過ごした足はすっかり冷え切り、居住棟に帰還するまで弥登の全身は震えっぱなしだった。

この日は偶然『入浴日』に当たっていたため、水路掃除担当の職員は帰還してすぐに入浴することが許された。

農場居住棟には職員用の大浴場がある。

だが大浴場と言っても冷えた体をじっくり湯船で温めるといった悠長なことは言っていられない。

入浴は定められたグループごとに三日に一度行われ、男性職員の入浴時間は十五分。女性職員は二十分と決められており、これには脱衣と着衣の時間も含まれる。

そのためたった二十分で大浴場に駆け込みツナギと下着を洗濯班に預け、壁面に固定されたシャワーと支給される固形石鹸《せっけん》で三日分の汚れが溜まった髪と体をなんとか洗い、ベルトコンベアで送られるようにして湯船に順番に入って三分と経たず立ち上がり、脱衣所で体と髪の乾燥まで済ませて洗濯されたツナギと下着を受け取るのだ。

当然疲れなど取れるはずもなく、カーウォッシャーに掛けられる自動車の方がまだ人道的な扱いを受けていると言わざるを得ない。

体の芯から来る冷えはなくなったものの、半端《はんぱ》に解凍された生魚のようにぬるいダルさの残る筋肉の疲労は如何《いかん》ともしがたく、弥登は独居房に戻るや否《いな》や、そのまま寝落ちしそうになってしまう。

だが今眠ってしまうと午後五時半の夕食に目覚められる自信はなく、もし食事の時間を寝過ごした場合、単に食べられないだけに留まらず『健康に寄与する国民健康管理食の摂取を拒んだ』カドで懲罰が下されるのだ。

「う、ぐうう……」

しかも、今夜は戸丸が『迎え』に来る。

懲罰を受けるわけにも寝過ごすわけにもいかない。

「職員番号293いち……な、何をやってるんだ」

夕食の時間。弥登を房から解放しにきた食防隊員が見たのは、房の真ん中で仁王立ちしたまま上半身をふらふらと揺らして目を閉じている弥登の姿だった。

「ひゃ、ひゃあい！」

弥登は、立ったまま眠ることを選択した。

実際に食防隊の訓練校時代や、現役隊員だった頃の張り込みなどで疲労の限界に達した際、立ったまま意識を失うことは稀《まれ》にあった。

一部の海生哺乳類は、半球睡眠と呼ばれる方法で脳を半分ずつ眠らせて泳ぎながら眠ることができる。

また、ある種のペンギンは数秒意識を失って目覚めてはまた失ってを繰り返し、トータルで一日十時間以上の睡眠時間を確保する種がある。

そんなことを聞いたことのあった弥登は、立ったまま眠れば声をかけられればすぐに目覚められるし、バランスを崩して転倒でもすれば痛みで目覚められるだろうという、疲労が頭の芯まで麻痺《まひ》させたとしか思えない選択をしたのだった。

「で、出ろ、夕食の時間だ」

「ほ、ほぁい！　しょくいんばんぎょうにーきゅーさんいひじぇろ、やしゃかみと！　夕食に向かいます！」

「……し、しっかり歩けよ！」

普段は何かと厳しい隊員の語気が妙に弱いのは、弥登の様子を少しは憐《あわ》れんだからだろうか。

弥登は自分が真っ直ぐ歩けていないことをはっきり自覚しながら、なんとか食堂にたどり着く。

木下や他の食料班員達も、弥登と顔を合わせるなりぎょっとした顔になって、それ以上は何も言わなかった。

農場居住棟に、鏡は存在しない。

割って武器にされたり、監視隊員の気付かないところで情報のやり取りをされるのを防ぐためだ。居住棟に鏡が設置されているのは農場職員専用の理容室くらいのものである。

窓ガラスすら鉄格子の向こうにあるため確認は不可能だが、きっと今の自分は、ニッシンには決して見せられない顔になっているのだろう。

ただでさえ味の薄いコッカンバーの味を全く感じないまま、弥登は気が付けば独居房に戻ってきていた。

「こ、こえは……マズいわ」

眠さで吐き気がしてきた。頭痛も酷《ひど》い。

冷えによる体調不良なのか、疲労と睡眠不足によるものか、今の弥登には全く判断できなかった。

立ったまま戸丸を待つつもりでいた弥登の体は、自分の意志に反して房の床に両膝を突いてしまったのだ。

冷や汗が流れ、呼吸が浅くなる。

この感覚には覚えがあった。大楠山でニッシンのカップ麺を食べた直前の状況だ。

何かが変わるかもしれないこんな日に、どうして急に体調に異常をきたすのか。

「らめ……耐えて……」

だが、関節に力が入らない。眠さに負けているわけではなく、単純に体が言うことを聞かなくなってしまったのだ。

全身が弛緩《しかん》し、よだれすら垂らして、弥登はそのまま意識を失い、房の床に倒れてしまったのだった。

※

「…………い……お……おーい……生きてるかー。おーい」

「……う」

「お、動いた。おいちょっと効きすぎだぞ。どんだけ入れたんだ。おーい！」

「…………う、ぐ……うぐっ！」

「うわっ！」

視界は闇。だが、決して大きくない音がガンガンと脳を揺らし、弥登は自分がどこにいるか、どんな状況かも分からないまま身をよじって体を起こし、そのまま胃の中のものをどこか固い床の上に全て吐き出した。

「うげ……げえええっ……げふっ……」

乾いた喉に、胃液が絡みついてひりひりする。

這いつくばった手に当たる感触は固く冷たい。

このまま手から力を抜いたら自分の嘔吐《おうと》した吐瀉《としゃ》物の上にダイブすることになるが。やはり体が言うことを聞かなかった。

「おいおいおい、しっかりしろよ。あーあーこんなにしちまって。おい、誰か掃除しろ。あと着替え持ってきてやれ！」

頭蓋骨に響く声は、戸丸の声だ。

迎えに来てくれたのだろうか。ここは独居房だろうか。

視界がぼやけ、像を結ばない。

「おい。おーい。職員番号29319、矢坂弥登。生きてっか」

「違います……私の……番号……29……31……0」

「よし、頭はしっかりしてんな。さすが、元から鍛えてる奴は違うぜ。あーあー。よっぽど体に来てたな。手ぇ貸せ。起き上がらせてやる。っしょっと」

「う、ぐ……」

体の前面にべったりとついた吐瀉物の異臭に弥登は顔を顰めるが、その異臭の刺激のおかげで少し感覚がクリアになってきた。

体が温かい。それに、少し広い空間にいるようだ。

「だい……じょうぶ、です。戸丸さん、一人で、立てます」

「全然そんな感じしねぇよ。とにかくここ座れ。今新しいツナギ持ってきてやるから」

「は。はい……すいませ……」

そのとき、弥登の前に畳まれたツナギが丁度差し出された。

汚さないように慎重に受け取りながら、差し出した人物に対し礼を述べようと弥登は必死に顔を上げ、

「……え？」

そこにいた人物に驚き全身が固まってしまう。

「どうした。受け取れ」

弥登の独居房のフロアを管理する、食防隊の女性隊員だ。

食事や作業開始の際の移動で、彼女には何度も手錠を掛けられたことがある。

毎日ではないが、それでも頻繁に顔を合わせる数少ない人間の一人だが、名前も知らず、こうして汚してしまったツナギの代わりを持ってきてくれるような立場の人間でもない。

「お前の格好、新人には刺激が強い。ちょっと離れてろ」

「はい、失礼します」

弥登が戸惑いどう反応していいか分からないでいると、弥登に肩を貸していたらしい戸丸が、その隊員を邪険に部屋の偶に追いやる。

事ここに至り弥登はようやく自分がどんな状況なのかを把握する。

把握してから、こんな目に遭ったのにまるで自分が夢の中にいるかのような錯覚を覚えた。

サンタクロースが住んでいそうな、ログハウス風の部屋だ。

戸丸と並んで座っているのは使い古したソファだった。

古い作りの部屋のようだが、丁寧に使われているのが窺える。

高い天井と十二畳ほどの床面積の空間を、暖炉とストーブが暖めており、ソファの前には木のローテーブル。

鉄格子の嵌《はま》っていない窓まであるが、窓の外は完全な真っ暗闇なので、今自分がどんな場所にいるのかまでは見当がつかなかった。

「あの……こ、ここは……」

「残念ながら、天国でもシャバでもない。混乱するのは分かるが、ここはまだ箱根の農場の中だ。悪いな。あんたの最後の意思確認が済んでないから、ここに運ぶためにちょっと夕食の麦茶に一服盛って眠ってもらった。が、それが効きすぎちまったらしい」

「一服……え、何ですそれ……農場に、こんな場所が……？　それに食防隊が……」

「色々答える前に、まずお前の頭と体をはっきりさせなきゃならない。とりあえず、その汚れたツナギは脱いで新しいのに着替えろ。今ここには女しかいねぇから」

「あ、は、はい……すいません、手を……」

立ち上がることも困難だったため、弥登は戸丸の手を借りてなんとか立ち上がると、ぎこちない動きでツナギを脱ぐ。

「おい、これ洗濯！」

「っす！」

そこでまた、弥登は弱った体に強い衝撃を受けることとなる。

弥登の汚れたツナギを受け取った職員の顔に、見覚えがあったからだ。

「希美、さん……？」

「っす！」

今日の今日で初めて名前を知った少女、北園希美だ。

「私、農場に来て割と早いうちとゆーか、矢坂さんより前から戸丸さんの世話になってました」

「そ、そうなの？」

「ああ。ゾノノがこの農場に来たのはあんたとそんな変わらない時期だが……まぁ、色々あってな。おい、自己紹介は後。とにかく洗濯だ」

「うっす。それじゃあ矢坂さん。また後で」

次から次へと処理できない事態が発生し、手元には洗濯されて清潔なツナギが残る。

「まぁ今日は入浴日だったから下着はそのまんまでいいな。着替えたか？」

何とか着替えが終わると、戸丸がまた弥登の手を取ってソファに座らせてくれた。

「おーい、持ってきてくれ！」

そして弥登がそのまま倒れたりしないことを見届けてから、どこかに合図をする。

その合図を待っていたかのように現れたのは、食料国防隊の制服を纏った男性だった。

その男性が手にしているものを見て、弥登は硬直した。

硬直してからすぐに、涙が流れた。

男性隊員の手にあるお盆には、ご飯と、味噌汁《みそしる》と、生卵と、魚の刺身と、ざく切りキャベツと箸とお茶の入った湯飲みが載っていたのだ。

弥登の目の前のローテーブルに、弥登のために置かれたそれを見て、弥登の視界は急激に色を帯び、嗅覚が胃腸を全力で稼働させ、温かい空気が顔を紅潮させる。

「……戸丸さん……私は、夢を見ているんですか」

「ここでこれを見た奴は、みんなそう言うぜ」

弥登は涙を拭うことすらできずに顔を上げた。

戸丸と希美。そして食料国防隊の制服を纏った男女。

はっきり言って、目の前の人間の取り合わせよりも、この『刺身定食』と呼ぶべきお盆が今自分の目の前にあることの方が、今の弥登にとっては異常なことだった。

喉から手が出る。いや、胃袋が直接出てきてお盆ごと呑み込んでしまいそうだ。

弥登はようやく涙を拭うと、戸丸に問いかけた。

「これを食べたら、私はあなた方の仲間になるんですね」

「よく分かってんじゃねぇか」

「一つだけ断っておきたいのですが」

「何だよ。早く食わないと冷めちまうぞ」

「……私は農場に来てからずっと、いつかは農場から出る気でいました」

「はン？」

バカにした様子ではないが、それでも意外そうな声だった。

「でも、想像以上に過酷な農場の現実に、出るまできっと体がもたないと、そう思っていました……。ここで私を仲間にするために力を取り戻させたら……きっと、私はいつか出て行きますよ。それでもいいんですか？」

戸丸以外の二人は顔を見合わせるが、戸丸は不敵な笑みを浮かべたまま尋ね返す。

「一応聞いとくが、何をどうすれば、農場から出られるなんて発想に思い至るんだ？　ほかならぬ元食防隊員サマがよ」

「お話してもご理解いただけないと思います」

「いいから話してみろって」

「……白馬に乗った……」

「あァ？」

「王子サマっすか⁉」

ツナギをどこかに置いて戻って来た希美が割り込んで来る。

「いえ……白馬に乗った雇い主が、いつか必ず私を迎えにきてくれるんです」

「そこはギャグでも王子様って言っとけよ！　何だよ白馬に乗った雇い主って！」

「悪くないギャグだと思うっす。高級車で重役出勤みたいなもんなんじゃないっすか」

「ゾノノは黙ってろ」

「ギャグとは心外ですね。言葉通りの意味ですよ。私、いつか必ず農場を出ます。一年後かもしれない、十年後かもしれない。もしかしたら、明日かもしれない。それでも、私はこれを食べていいんですか？」

「いい、と私が言って、その口約束に何の意味がある？　ここには契約書も公証人もいねぇ」

「もちろん、あなたの仲間として働いている間、出会う『仲間』の全てにあなたが約束してくださったことを喜んで触れ回るんです。私はあなたに強い恩義を感じています。その上、私の希望を聞いてくれたという雑談を、常にすると思います」

「……！」

瞬間、戸丸も希美達も色めき立ち、男性隊員は殺気の籠った目を弥登に向けるが、それを戸丸は手で制した。

「いい度胸してんじゃねぇか」

農場で暮らしていれば、いや、アディクターなら外で暮らしていたって一生目にすることはないであろう刺身定食。

それを無償で提供されておきながら、弥登は戸丸に対し、約束をしないことも、約束を破ることも許さない、と脅迫したのだ。

弥登が今見ている景色を、目の前の四人だけが作ったとはとても思えない。弥登が想像もしないような時間と労力をかけて作られた組織があるはずだ。

食防隊の牙城《がじょう》たる国営農場の中で何をどうすればそんなことが可能なのか見当もつかないが、とにかく戸丸は弥登にそうしているように、食防隊員すら対象に仲間を募って、闇の中で何かをしているのだ。

では、その組織を繫《つな》ぎとめているものは何か。

目の前の『刺身定食を用意できる力』と、戸丸への信頼である。

食の保障と仲間意識が、戸丸が動かしている組織の二本柱だ。

だがもし農場の有名人である弥登が組織に加入し、彼女が戸丸と特別な約束を交わしたという噂が広がればどうだろう。

戸丸が弥登との約束を守れば、戸丸への信頼はより高まるだろう。

だが破れば、組織の人間の結束は一気に骨抜きになるはずだ。

今は良くとも都合が悪くなればいつかは切り捨てられる、という不安は、信頼の絆《きずな》を容易に蚕食する。

食防隊員すら引き込んでいる戸丸にとって、僅かでも結束を緩ませるファクターは全て排除したいはずだ。

戸丸を中心としている幹部クラスの人間も同じ危機感を持っているはずなので、両脇の三人は今、弥登の抹殺まで想定したはずだ。

だが、弥登は最初から他の三人は眼中に入れず、ただ戸丸だけを見ていた。

「いいぜ、分かった」

戸丸は大して待つことなく折れた。

「お前が本当に農場を出る算段が付いたときには、勝手に失《う》せろ。だが脱出に当たって組織に迷惑をかけることは許さねぇし、それまではしっかり私達に協力してもらう」

「感謝します」

弥登は深々と頭を下げ、戸惑う三人をしり目に、戸丸は根負けしたように肩を竦めた。

「命がかかったこの状況で、このメシを前に待てができるような奴だから、スカウトしたんだ。採用コストもかかってる。今日は、収めろ。その分しっかり利用させてもらう」

最後の部分だけを弥登に言ってから、戸丸は掌《てのひら》を弥登に差し出し促した。

「どうぞ、召し上がれ」

「いただきます」

今度は弥登も素直にそれを受け、お膳に手を合わせて、味噌汁の椀《わん》を手に取った。

玉ねぎとジャガイモという、あまり経験したことのない取り合わせの具。

だが、一ヶ月以上ぶりの味噌《みそ》のうま味と塩気、ほくほくしたジャガイモの香りと玉ねぎの甘さが、精根尽き果てた体に浸潤し、弥登の目にはまた自然と涙が浮かんだ。

水が良いのだろうか、米は粒が立ち噛むほどに甘く、香りとコクの強い川魚のものと思しき刺身の脂とよく合った。

ざく切りキャベツは塩もみされていて、それだけでいつまでも食べられてしまう。

おかずを全て食べきってしまってから、残しておいた白米に卵を落とし、醬油《しょうゆ》を垂らすと、もはや輝く黄金をそのまま食べているかのようだ。

お椀の底を舐《な》める勢いで味噌汁を完全に飲み切り箸を置いた弥登は、米と味噌の名残を惜しむように何度も深呼吸をし、最後にお茶を飲み切って、踏ん切りをつけた。

「……ご馳走様《ちそうさま》でした」

そして、意を決するように手を合わせ、小さく頭を下げた。

「それで、私は何をすればいいんです？」

「いい食いっぷりだったが、まぁ焦《あせ》るなって。実はデザートもあるんだ」

戸丸は微笑むと、傍《かたわ》らの希美に合図をする。

「っす！」

希美は頷くと一度弥登の前から辞し、すぐにまた戻ってきた。

小さな平皿に載っているのは、一口で食べられるような小ぶりなドーナツが二つ。

熱いお茶のお替わりをもらい、平皿を手に取った弥登は、違和感しかない今の状況の中に更なる異常を見つけて、目を瞠《みは》った。

何の変哲もないドーナツだ。疲れ切った体に砂糖の甘みが入り込めば、さぞ癒されることだろう。

ここまで来たら何も躊躇うことなくドーナツを一つ頬張った弥登は、一噛みで咀嚼を止めてしまった。

最後に砂糖を直接口に入れたのがいつのことだったか、全く思い出せない。

だがどれほど遠い記憶だったとしても、今自分が口に入れた甘く白い粉が『砂糖』でないことだけは、一瞬で理解できた。

甘さも舌触りも砂糖だ。だが、ボディだけが違う。

砂糖ならば残る、後を引く甘さの重みが無く、苦みに似た何かが舌の真ん中少し奥に残る。

「どうした？　久しぶりのスイーツに声も出ねぇか？」

戸丸の問いに対し、弥登の反応は答えになっていないものだった。

「……ここはまだ農場なんですよね。まぁ、農場のどこかは分かりませんが」

「ああ」

「それならば私、生活リズムを崩す訳にはいきません。だから、あんまり長話になるのは朝がしんどくて。だから、手短に一つだけお聞きします」

弥登は強張った顔で言った。

「今、壁の外で人工甘味料を使ったドーナツ、通称『魔法のリング』が連続して摘発されているのは想定内のことなんですか？　それとも、コントロールが外れかけているんですか？」

「答えを聞きたきゃ、明日の寝坊は確定だ」

「そうですか。じゃあお話はいいです。夕食ご馳走様でした。独居房に帰してください」

「お察しの通り『魔法のリング』はこの……あ？　帰る？」

　そのまま弥登の質問に答えようとしていた戸丸は、ハッとなって弥登を見た。

「……今、帰るっつった？」

「ええ。明日寝坊して睡眠サイクルが乱れたらその後が辛いですし」

「い、いやいや、今そういう空気じゃ……」

「空気とかじゃないです。あなた方のために言っています。あ、勘違いしてほしくないんですが、ご馳走になったからには戸丸さんの仲間になりますし、与えられた役目は果たします。ただ、私が今後まともに仕事や作業ができない状態になるのは、きっと皆さんのために良くないことだと思います」

「……何？」

「あなたが何らかの方法で農場の中に、ＮＦＰ首脳部が把握できていない陰の組織を作っていることは分かります。しかもその組織は、食防隊員すら味方につけている」

　弥登は目の前の、空の皿と食べかけのドーナツを見た。

「恐らくあなた方も、これに魂を売ったんですね」

弥登は決して叱責したわけではない。

たとえ元食防隊員であろうと、今は単なる農場職員だ。

だが戸丸の手下らしい隊員二人は、上官に叱責されたかのように激しく動揺し、一歩後ずさった。

「仕方ないことです。むしろ私はあなた方を尊敬しているんです」

「……どういうことだ」

男性隊員が、初めて弥登に向けて言葉を発した。

「NFP内部に、食防隊員を巻き込む闇組織を作ってしかもそれを悟らせないなんて、一朝一夕にできることじゃありません。慎重に、何年も何年も時間をかけて作られた組織のはずです。それならばあなた方は、ほんの何ヶ月か前になってようやく食安法に疑問を持った私より、ずっと前から食安法より大切なことがあると気付いた、ということですから」

「物は言いようだな」

これにはなぜか、戸丸が険しい顔になる。弥登としては褒めたつもりなのだが、何が気に入らなかったのだろうか。

「『コッカンバーなんか、人間の食べるものじゃない』。私にとって忘れられない言葉ですが、その意味を真に理解したのはここに来てからのこと。無論適正な質と量の栄養を取ることは大切ですが、それより前にまず、食卓は温かく笑顔にあふれている場所でなければならない。農場勤務の隊員がそのことに気付けたことに、私は何より感銘を受けています。ただ……」

弥登は、温かい食事で巡ってきた血を、体と脳が喜んでいることを感じていた。

久しぶりに、脳がまともな思考をしている。

「そのことに気付けている隊員は、決して多くない。さすがに農場の全隊員を買収するわけにもいかないでしょうからね。少なくとも、農場の隊員であなた方の意志が通る天井は、寮監か、良くて農場課長くらいなのではありませんか？」

戸丸が好き勝手に居住棟間を行き来していたり、弥登の棟の作業班に紛れ込んだり、差し入れをしたり。

全て、現場レベルの隊員に鼻薬をかがせれば通りそうな話だ。

「だからこそ私が明日以降、健康状態に問題があって働けないとなると、一体どこで何をしていたんだ、という話になります。少なくとも夕食までは、意地でも動いてましたからね」

弥登は言いながら、自分の首に手を当てる。そこにはGPS発信装置が装着されたままだ。

「農場職員を監視する信号が切れたらそれだけで大騒ぎです。だからこそ私の位置は、実はまだ詳細に捉えられている。外は真っ暗ですけど、ここは洞窟の中とか地下室とか、そういうＧＰＳの信号が途絶えるような場所じゃない。地上のどこかです。信号が途切れたり脱出のために外壁に近づきさえしなければ、いちいち個別の職員の位置情報を事細かに誰かがチェックすることはないんでしょう。まぁ、後から移動経路を精査されれば異常は発見されるでしょうけど」

「……」

「……よくそこまで考えたっすね。私最初ここ来たときは、何も考えらんなかったのに」

戸丸は呆《あき》れた顔で、希美はどこか尊敬の籠った眼差《まなざ》しで弥登を見る。

「話が長くなる、というのなら、今日は私を独居房に帰してください。事の詳細は、そちらの隊員の方を介してでもお報《しら》せいただければ」

「……公の場所でンなことさせられるか。ああクソ！　何だか、お前を引き入れたことが間違いだったかもしれねぇって早くも思うようになっちまった。おい、水村」

「は、はい」

戸丸は男性隊員に声をかけた。

「コイツ、明後日も休みにできるか。原因は単純に、健康状態の異常だ」

「だったら飯食わせない方がよかったんじゃないですか」

水村と呼ばれた隊員は弥登を睨む。

「それでもコイツの力と名前は絶対必要だ。明日寝坊しても明後日には整えられるように、要看護指定でもして作業を休ませろ。いいな」

「分かりましたよ。でも、矢坂弥登に関する事務は色々監視が厳しいんです。こないだの差し入れだって結構怪しまれたんで、これから先はあんまり無茶はできませんよ」

水村は不満顔だったが、戸丸の言うことには逆らわず、何なら戸丸に敬語すら使い、一礼すると弥登を振り返らずログハウスから出て行った。

「やった。私、二日間休めるんですね」

「いい根性してるぜ」

戸丸は弥登の正面のスツールに腰かけると、前かがみで肘を膝の上に乗せた。

「お察しの通り、魔法のリングの元締めは私達で、外で摘発されまくってる今の状態は、私達の想定していない事態だ」

「なるほど。それにしてもどのようにして人工甘味料を作っているのか分かりませんが……」

「あ」

弥登は、残ったドーナツを今度は躊躇わずに口に入れた。

「案外美味《おい》しいものなんですね」

「案外躊躇わずに食うんだな」

「私が踏まれた漬物を食べたのは見ていたでしょう？　私はもう、こういったものが『食品』であるときちんと認識できています」

弥登は意に介さず、指にこびり付いた人工甘味料の粒も余さず舐めとる。

「まぁそれはいい。とにかく話を戻すとだ、外の状況が変わった時期がな。あんたが逮捕されて、ココに投獄されてきてからなんだ」

「え？」

「だから、一つ確認させろ。無いことだとは思うが、確証がほしい。あんたか？」

「何がです？」

「外で私達の商品の元締めをやってたのは、あんたか？」

「はあ⁉」

さすがにこの話の流れは予想できなかったため、弥登も唖然《あぜん》とする。

「どういうことですか？　私が外で、あなた方の商品を組織の末端としてさばいていたと？　バカなこと言わないでください。私が外でアディクターだったのは、逮捕される直前の四日間だけです。それ以前は、こう言っては何ですがかなりしっかりアディクターの天敵やってましたよ⁉」

「……まぁ、だろうな。ドーナツ食ったときの反応からしてそうだろうとは思ってた。ゾノノのことも全くピンと来てねぇみたいだし。だが天敵やってた、は面白い日本語だな」

「希美さんのこと……？」

何故ドーナツと希美が関係するのだろうか。弥登にとっての希美は、言ってしまえばたまたま同じ仕事をして、少し様子が気になっただけの少女だ。

その気になった理由も、何となく生粋のアディクターではなさそうだ、という予想から、希美がどのような罪を犯したのか、そうせざるを得なかった背景が気になったというだけだ。

「……というか、色々ツッコミどころがあるんですけど、どういうことですか？　外の元締めを把握してないって……末端を制御できていないどころの話じゃありませんよ。え？　正直農場内で魔法のリングを作ってるってこと以上の驚きですよ⁉　私が言うのもアレですけど、それってもう組織の体を成してないんじゃありませんか⁉」

どんな組織でも、末端に行くほど綱紀は緩むし制御が利かなくなる。

それが非合法な商品を売りさばく犯罪組織ならなおさらだが、それでもある程度は手綱を握れる組織構造になっていなければ、組織全体を潤わせることはできない。

それこそ食安法違反の食料品を売りさばくなら、末端の構成員とそれを取りまとめる中間のマネージャーポジションに、上部構造はある程度のアガリを納めさせる。

そのアガリを適正に評価して供給を増やすという形で上と下の結束を強めるのが常道だが、戸丸達の場合、幹部かボスに近い位置にいるであろう戸丸が、壁の外のことを全く掌握していないということになる。

しかも把握できていないのは、言ってしまえば組織の半分。販路の部分だ。

「お前が農場に来るまでは、きちんと制御できてたんだ」

弥登の驚きに、戸丸は不愉快そうに顔を歪めた。

「だが、お前が逮捕されて農場に来た途端に、外の制御が利かなくなった。想定していない地域にまでドーナツがバラ撒《ま》かれ始めて、収拾がつかなくなってる。このままじゃそのうち、壁の中にまで捜査の手が伸びる。そうなりゃ私達はお終《しま》いだ。隠蔽するために、全員殺されることだってあり得る」

「実際に、私の売人チームのリーダーは摘発で食防隊に殺されましたし」

「えっ⁉」

戸丸の自己弁護も籠った解説に乗ってきた希美が、とんでもないことを言い出した。

「希美さん……それじゃあ、あなたが農場に入れられたのは……」

弥登の問いに、希美はあっけらかんと答えた。

「魔法のリングの売人やってたからっすね。私は下《した》っ端《ぱ》も下っ端だったんですけど」

「な、何であなたみたいな子が……」

「いやー、何でって言われても」

希美は困ったように戸丸と弥登を順番に見た。

「二年前に親が失業したんすよ。それでご飯が買えなくなって、何とかお金稼ぐ方法無いかなって困ってたときに、人づてに紹介されたんす。その頃はドーナツじゃなかったっすけど、金にはなるし、余ったもんは食えるしで、割は良かったんす。それにまぁ、摘発はぜってーされないって話だったんで」

「ぜってーって、そんなはずないでしょう？　違法食材が発見されたら射殺されてもおかしくないのよ？」

「いや、分かってます。分かってたんっす。でもそのときは信じるしかなかったんすよ。だって販売の元締めがしょ……」

「とにかく！」

拙い言い訳を続ける希美の言葉に、戸丸が割って入った。

「農場の外のメンバーは、ゾノノみてぇなガキが多いんだ。それが、あんたが逮捕されたのと前後して急に派手に活動し始めて、バカみてぇに摘発されるようになった。商品だってそんなに大量に作れるはずがない。どこかで制御が利かなくなったんだ。あんたじゃないとしても、外の元締めがあんたの周囲の人間だってことはないのか」

「知りませんよ！　私に言わせれば、農場の中と外で組織が完全に分かれている時点で制御もクソも無いような気がしますが、その話だと、外の元締めも食料国防隊みたいに聞こえますけど、さすがに外でそれは無茶じゃありませんか？」

「「……」」

弥登の意見に、希美が戸惑ったように戸丸を見るが、戸丸は希美を見ずに首を横に振った。

「矢坂次官の娘がアディクター落ちするのが外の世界だ。食料安全維持法なんてクソみてぇな法律が作る社会はとっくに破綻してる。政府は一生認めないだろうがな。ここで私が食防隊員相手に頑張れてるのを見て、分からないか？」

「ですが……」

「信じたくねぇのは分かる。だが、事実だ。あんた、ソフホーズって知ってるか」

「旧ソヴィエト連邦の、国営農場のことですか？」

「それだ。ソフホーズに所属する農民は移動の自由も所有の自由も無く、共産党政権が掲げるイデオロギーを実現するため、兵士や党の監視の下、苦しい生活を強いられてきた……そんなイメージ、ないか？」

「まぁ、ありますけど……それが今の日本のNFPに通じる、と言うんですか？」

「いいや？　ソフホーズはNFPよりずっと健全さ。何せ数あるソフホーズの中には、苦しい生活を強いられていたはずの農民をトップとした、小さな自由主義経済が発生して、ソフホーズを監視する軍人や党員もそれに組み込まれてる農場があったんだからな」

「……そうなんですか？」

「人が大勢いて、そこで飯を食おうと思ったら人は自然とそうなるんだ。でもそのとき最大限作れるメシを作れない社会や共同体は、どんなに暴力やイデオロギーで締め付けようと崩壊する。それで今のところ崩壊していないってことは……」

「……最大限作れるメシを作ることを、黙認している者がいる？」

「かもな。それこそ横須賀のスラムなんてのは、もはや事実上のアディクター自治区みたいなもんだろう。中央政府は危険地帯だ犯罪都市だみたいなこと言ってるが、ならどうして軍の力を使って潰さないんだ？　答えは簡単だ。そんなことすりゃ、今ギリギリ持ってる日本って共同体がぶっ壊れるからだ」

「……そこまでの段階まで、来ているのでしょうか」

戸丸の言うことは、いくら何でも理想論と楽観論が入り混じりすぎているように思う。

少なくとも食防隊の最前線で戦っていた弥登には、賛成できない部分が多い。

「あんたの言いたいことは分かる。だがな。こいつらを見ろ」

戸丸は傍らに立つ希美と女性隊員を指し示した。

「コッカンバーなんか人間の食うもんじゃない。こいつらはそう思ったからここにいて、私に協力してくれる」

「……そう……かもしれませんね」

『コッカンバーなんか、人間の食べるものじゃありませんよ』

弥登の固定観念を粉々に破壊した、名も知らぬ横須賀住民の言葉。

そして、農場内部で戸丸に協力する隊員がいる事実からも、この『ビジネス』をありがたがっている人間はいる、ということなのだろう。

思えばドーナツより前に食べた刺身定食は、全て適法の食材だったように思う。

恐らく戸丸の組織は、魔法のリングや、もしかしたらそれ以外の様々な商品から発生する利益を、満足できる適法な食品という形で組織の人員に広く還元しているのかもしれない。

満足な食事のために生きる、というたった一つの目的のために、横須賀はあれほどの大規模な街になったのだ。

真っ当な食事を提供してくれる組織があるのなら、加えて金銭的な利益まで得られるなら、協力する者は多いのかもしれない。

組織が壁の中と外で分断されているのは一見不合理に見えるが、中と外のどちらかに捜査の手が及んだ場合、半身を切り捨てれば半身に手が及びにくく、かつ組織を再建する道も取りやすい。

だが、それも中と外が適切な規模で動いていればの話。

今、外では中が想定している以上の規模で、魔法のリングが流通し始めている。

矢坂弥登が農場に入ってきたのと前後して。

「矢坂弥登」

このとき戸丸は初めて、弥登の名を呼んだ。

「あんたの考えは、あんたが好きなときに勝手にこねくり回してまとめりゃいい。私達はそれには構わずあんたに仕事を与える」

「……承知しました。私は何をすれば？」

「あんたには、外の制御を取り戻すための、餌になってもらう」

「く……ぁ……」

翌朝、戸丸と水村の計らいで無事休みになった弥登は、独居房の中でかつてないほどすっきりと目が覚めた。

人生で何度もない、すっきりとした目覚め。

昨日重労働と入浴に加え、夕食に何らかの薬を盛られて体は疲労の極致のはずだが、それでも緊張が勝りしっかり眠れなかったとき、こんなふうにすっきりと目覚めることがある。

「職員番号29310。朝食の時間だ」

そこに、聞き覚えのある声がかかり、弥登は慌てて独居房の中で立ち上がる。

十五秒で布団を畳み、独居房の中で起立して姿勢を正すと、予想通り、看守隊員の水村が独居房の扉を開けて入ってきた。

いつも通り食堂に行くために必要な手錠をかけられ、小声でささやかれる。

「余計なことはするなよ」

戸丸の配下の三人のうち、水村はあまり弥登のことを歓迎していないようだった。

単に新入りに心を開いていないだけかもしれないが、とりあえず日常で接する可能性がある水村と、名前の分からないもう一人の女性隊員の機嫌は損ねないでおこうと心に決める。

「承知しています。まだ分からないことの方が多いですし、素直に指示に従いますよ」

それ以上の会話は発生せず、水村は弥登を引っ立てて食堂へと向かわせる。

手錠を解かれ食堂に放り込まれると、そこには普段と変わらぬ風景。

木下は相変わらず食料班として不遜な振る舞いをしており、弥登を認めるとつまらなそうに顔を顰めつつ、弥登を手招きした。

「昨日大勢入って来たわ。今日から食堂の配置が変わるから、自分の席を確認しなさい」

「あ、そうなんですね、分かりました」

「どいつもこいつも十代のガキどもばっかりよ。世も末ね」

そう言う木下も別にそこまで年齢が高いわけでもない。だがそんな話を聞いてしまうと、どうしても希美の顔が頭をよぎる。

もしかしたら、水村が弥登の近くにいたように、希美も弥登の近くに現れたりするのだろうか。

そんなことを思いながら、すっかり大人しくなった食料班からコッカンバーの載ったトレーを受け取り、食堂内のモニターに表示されている自分の番号を確認してから席に向かう。

確かにいつもより食堂に人が多く、増えたのは若年層の職員が多いようだ。

見慣れない若い顔のほとんどが、過酷な農場の現実に既に心を折られかけているのか無表情にもそもそとコッカンバーを口に運んでいるだけ。

何人かと目が合ったが、その中には希美も、弥登を知っている者もいないようだ。

「失礼しますね」

新しい席は、既に両脇も正面も埋まっており、弥登は狭いスペースにトレーと体をねじ込んで腰かける。

周囲を見回すと、人が多くなった以外は普段と変わりない。

新顔が増えたからと言って、看守隊員が増員されていたり特別に見張りが強化されているということもなさそうだ。

希美の過去を知った翌日に希美と同年代の少女がこれだけ送り込まれてくるのは、戸丸の違法食品製造組織に所属したての弥登も、外で何かがあったのかと勘繰りたくなってくる。

もしかしたらこの中に、希美のように外で魔法のリングに関わっていた少女もいるかもしれない。

「おはようございます。あの……」

弥登は小声で左隣の少女に声をかけようとして、

「しっ」

反対側の少女に袖を摑まれ、声を呑み込む。

その瞬間、食堂の入り口から二人連れの看守隊員が入ってきて、木下達と何事かを話しているのが視界の端で確認できた。

もし話を続けていたら、私語を聞きとがめられたかもしれない。

「……ありがとう、助かりました」

「いーっていーって。でも実際に入ってみると、監視が厳しいんだか緩いんだかわかんないね、農場って」

「ええ。そ……んっ」

「そんっ？」

弥登は警告を発した右隣の少女にお礼を述べようとして、その顔を見て息が止まった。

瞬《また》きを忘れ、冷や汗が出て、心臓が跳ね、驚きと微かな喜びと大きな疑問がないまぜになって、全身が凝固する。

「や、弥登」

「…………………ぁぁあああああああ明香音さんっ…………………っ！」

大声を上げなかった自分を褒めてやりたい。

横須賀で友となったアディクター、月井明香音が自分と同じツナギを着て座っているのだ。

「な、なん……なん、なん、なん……！」

明香音は動揺する弥登の肩を抱き寄せると、その耳にささやいた。

「助けにきた。ゆっくり話せるとこない？　私今日、どっかで草取りやらされるんだけど」

「わ、わわわ、わ、私、きょ、今日、休み、で……」

「おけ。私の番号、２９３８４。２９３８４ね。ここの二階で四人部屋。次までに『魔法のリ

ング』について、知ってることあったら教えて」

「っ！　明香音さん、それは……」

明香音の口から予想外かつタイムリーな単語が飛び出して弥登は更に動揺を深くするが、明香音はその瞬間に体を離して問いかける声を止めた。

弥登も、これだけ大勢の人間がいる場で不自然な姿勢で会話をすることの不自然さに気付き、姿勢を正し、目だけで必死に明香音の横顔を見た。

他の同年代の新職員に比べ、明らかに泰然としているのはアディクターの経験が為せる業だろうか。

「生き残ってね。真優も古閑も……それにニッシンも頑張ってっからさ」

明香音はすぐに食事を終えてしまうと、トレーを手に他何人かの少女職員と食堂を去ってしまった。

恐らく作業時間が迫っているのだろう。

共にいられたのは僅か三分。

それでもその三分が弥登に与えた力は計り知れなかった。

だがそれはそれとして、多くの疑問が残る結果となった。

「29384。29384。29384……」

とにかく今絶対忘れてはならないのは、明香音の職員番号だ。

弥登一人では、簡単に接触はできない。水村か戸丸に頼むことになるだろう。

「29384。29384。29384」

口の中で明香音の番号を必死に脳に焼き付けながら、明香音が最低限の言葉で伝えたことを、何度も脳内で反芻《はんすう》する。

全く理由は分からない。分からないが、明香音にとって弥登の元部下である食防隊員、松下真優と古閑慶介は敵ではないようだ。

「真優、古閑、ニッシン……ニッシン……！」

そして三人と一緒にニッシンが動いている。

理由は分からないが、とにかく自分にとって大切な人達が自分を助けるために動いている。

本当ならば心から喜びだけを噛《か》み締《し》めたい。

だがそこに『魔法のリング』という不穏な単語が挟まったことが、逆に弥登の心を強く律した。

まだ、何も始まっていない。

次に明香音と会えるときのために、考えと、状況をまとめておかなければ。

「水村さん。ちょっといいですか」

食堂から独居房に戻った際に声をかけると、水村は嫌そうな顔をしつつも話を聞く姿勢をしめしてくれたのだった。

第三章　握り飯とインスタントスープ

月井明香音が何故、弥登のいる箱根ＮＦＰに入ることとなったのか。

話は弥登が逮捕されてすぐの頃に遡る。

※

盛りは少し過ぎている。

それでも特急列車の車窓から見える山肌は、まだまだ秋色で華やいでいた。

窓の額縁に彩《いろど》られた紅葉を、その窓を突き破らんばかりに食らいついて眺めていた少女が、吐息混じりに見送っていた。

「うわぁ！　きれー！　すごいすごい！」

「おい、少し落ち着け明香音」

すると、明香音と呼ばれた少女は軽く肩を引かれ、座席に戻される。

「あんまり変な動きをするんじゃない。怪しまれるぞ」

「ええー？　ニッシン、考えすぎじゃないの？」

明香音は不満げに頰を膨らませると、自分を座席に戻した青年に不満げに囁く。

ニッシンと呼ばれた青年は明香音の方は見ず、ボックス席の向かい側に座っている二人組を見たまま言った。

「俺達がこれからどこに行くのか分かってるだろ。だから……」

あまり妙な動きをするな。ニッシンは言い切らずに明香音にそう圧を掛ける。

だが……。

「別にそこまで気にすることはありませんよ。素直でいいじゃありませんか。明香音さんくらいの年頃で紅葉の良さが分かるのはいいことです」

手元のタブレットで小説を読んでいるらしい女性は、赤いアンダーリムの眼鏡を軽く押し上げた。

「だよね。綺麗なもの綺麗って言って変なことは何もないよね？　ねーニッシン。真優がこー言ってるんだけど」

「……うるせぇな」

真優、と呼ばれた眼鏡の女性は目を上げると、明香音に肘でぐりぐりされているニッシンという男の顔をこっそり観察する。

彼が緊張するのは仕方のないことだ。自分が彼の立場なら同じように緊張するだろう。

と言うより、彼の存在を知るきっかけとなった、旧横須賀市街への潜入の際は、やはり緊張したことは否《いな》めない。

あのとき自分は『敵』の本拠地に乗り込んだのだ。

そして今、今度は彼が『敵』の本拠地の一つに乗り込もうとしている。

緊張して当然だ。

だが、真優は彼が緊張することに腹立たしい思いすら感じていた。

何故なら彼は『隊長』が見込んだ男なのだ。

鋼の強さと羽毛のような優しさが同居した真優の大切な友達で隊長。

矢坂弥登。

真優が知る誰よりも気高く強い人物の心を奪った男なのだ。

違法なインスタント食品を食べ、運び、扱う反健康主義者、アディクターのくせに。

弥登の心を奪った男のくせに、この程度の『ミッション』で緊張するとは何事か。

私達の隊長ならば、どんな困難なミッションでも毅然《きぜん》と、笑顔でやってのける。

「はあ～～～……」

ニッシンの顔を見ているだけで腹が立ってくる真優の横で、真優と同年代で、ニッシンより少し年上の男が弱々しく溜め息を吐いた。

「どうしたんですか古閑さん。電車酔いですか」

真優に古閑と呼ばれた男は、青い顔で窓の外をただ眺めていた。

「いや、冷静に考えて、これマジ大問題じゃないかってふと気付いて」

「今更ですか」

真優は呆れてタブレットを膝の上に下ろす。

「それじゃ、全部ほっときますか。今からこの二人を逮捕して、私達は『隊長』を心の中で神格化して、人生の中にたまに沸き起こる解決しようのない『オトナの事情』だって処理して、目を瞑《つぶ》りますか」

「それができたら苦労しねえよぉ……ああ、終わった。本当終わった」

「それを言うなら、あのときもうとっくに全部終わってたんですよ。私達が横須賀で隊長を見つけた時点で」

そう言うと、真優は視線を真っ直ぐ見つめる。

逮捕、という言葉をきちんと聞き取って、警戒の目をこちらに向けてくるニッシンと目が合った。

「安心してください。あなた方と行動している時点で、もう私達に退路はありません」

「そう願いたいな」

ニッシンと真優は、決してお互いを信頼しているわけではない。

ニッシンと明香音はアディクターで、真優と古閑は、そんな二人を取り締まるべき食料国防隊員なのだから。

「さて、月井さん。紅葉を楽しんでいるところ申し訳ありませんが、そろそろ到着します。降りる準備を」

「え？　そーなの？　小田原《おだわら》からそんなに近かったっけ？」

真優の言葉に明香音が目を瞬かせると、まるで真優の言葉に呼応するように、窓が調光ガラスの如《ごと》く突然黒くスモークする。

そして窓の外側にシャッターが下りて、完全に外への視界を塞いだのだ。

「え、な、何これ！」

明香音は動揺し、ニッシンも顔を強張らせ真優を睨む。

だが真優は嘆息して、ただ天井を指さした。そして。

『お客様にお報せいたします。当列車はまもなくＮＦＰ境界線に差し掛かります。治安維持及びお客様の安全確保のため、一時的に窓を封鎖させていただきます。終点到着まで、およそ十五分を予定しております』

車内放送が流れ、ニッシン達以外の、窓が突然封鎖されたことで動揺していた他の乗客も落ち着きを取り戻す。

「そういうこと、か」

この程度のことで狼狽《うろた》えないでほしい。腹立たしい。

「ええ。ＮＦＰ……国営農場を囲む壁の仕様と周辺地理は国家機密ですから。言っておきますけど私達をアテにしないでくださいね。私達程度の隊員ではアクセスできないレベルの機密ですし、視線を遮断した後の列車はスピードをランダムに増減させてますから、正確な距離や時間なんて計りようがないので」

「分かってるよ」

「私、アレかと思った。睡眠ガスかなんかが出てきて、乗客みんな眠らされて、無人島に誘拐されて殺し合いさせられるみたいな」

「いつの時代の映画ですか」

ニッシンよりもよほど緊張感のない明香音の軽い物言いに、真優はつい笑みを浮かべそうになり、気を引き締めてそれを抑える。

「到着したら、宿泊するホテルまで少し歩きます。お手洗いに行くなら電車内で行っておくといいですよ。駅には検問があって、行列待ちの間の女子トイレはとても混みますから」

「そーなんだ。じゃ、行ってくる」

明香音は素直に真優の薦めに従い、すっと立ち上がってお手洗いに行ってしまった。

「月井さんの方が、よほど泰然としてますね」

「あいつは本番に強いタイプなんだよ」

「そうですか。そう言えば聞いたことがありませんでしたが、あなたにとって隊長はどう見えていたんですか」

「あんたには言いたくないな」

「何でです」

「解釈違いを起こしたら殺されかねない」

答えるニッシンの視線は、真優ではなく古閑に向いていた。

古閑の方を見ると、気の抜けただらけた様子で座っているのは変わらないのに、視線だけでニッシンを殺しかねない形相で睨みつけていた。

「分かりました。事に当たる前に必要以上に対立しても仕方ありませんしね」

「うぐ」

真優がそう言って古閑に軽く肘鉄を喰《く》らわせたときだった。

『ご乗車、お疲れ様でした。間もなく、箱根湯本《はこねゆもと》NFP入り口駅。箱根湯本NFP入り口駅に到着いたします。本日も、鉄道省営東箱線《てつどうしょうえいとうはこせん》をご利用いただきまして、誠にありがとうございました。箱根湯本NFP入り口、到着です』

窓のスモークが外れてシャッターが開き、再び車窓に紅葉した山々が姿を現す。

列車は減速し、旧箱根町の玄関口、箱根湯本NFP入り口駅へと滑り込んでいった。

そこにお手洗いから明香音が戻ってきて、窓の外で止まった駅のホームを見やる。

「あ！　あれが登山鉄道だよね。小さくてかわいいじゃん。あれも乗ってみたいなぁ」

明香音達の電車が滑り込んだホームの反対側に、三両編成の小ぶりな赤い列車が鎮座していた。

「乗りたければ後で乗ることはできますから、月井さん、とりあえず降りる準備をしてください。紅葉で盛り上がるよりも、下車に時間がかかるほうが怪しまれます」

「だな。明香音、急ごう」

「はーい」

窓の外の駅のホームには、腰に拳銃を提げ、背にライフルを背負った制服姿の食料国防隊が油断なく警備についているのが見えた。

ニッシンと明香音は表情を変えず、それでもしっかり一流のアディクターとしての緊張感をみなぎらせ、真優と古閑に続くように適度にテキパキと動く。

「さて、それじゃあ行きますよ。とりあえず、今日泊まるホテルに荷物を預けに行きましょう。『観光』はそれからということで」

真優に従ってホームに降りると、そこには想像以上に多くの観光客がいた。

中には外国人の姿も多く見え、それだけ見れば第三次大戦前の、風光明媚《めいび》な温泉街としてのかつての箱根湯本駅と変わらない。

だが、ホームに掲示されている駅名ははっきりと『箱根湯本NFP入り口』。

ここは観光地の顔をした、食料安全維持法に則り設立された国営農場の入り口であり、
そして。

「弥登が……この農場のどこかにいる」

身を挺《てい》して横須賀の街を食料国防隊の殲滅作戦から救った矢坂弥登が収容されている場所でもある。

ニッシンが眉間にしわをよせたそのときだった。

「失礼いたします。食料国防隊箱根警備隊です。何かお困りですか？」

駅名表示を見上げていると、後ろで真優が警備の食防隊の男に話しかけられていた。

明香音は自然に古閑の後ろに隠れ、ニッシンも何が起こってもいいように身構えるが、

「どうも、ご苦労様です」

真優は涼しい顔で、食防隊の手帳を差し出していた。

「あ……！　隊の方でしたか。これは失礼いたしました」

警備の男は手帳を見た途端、真優に背筋の伸びた敬礼を送った。

「いえいえ、こちらこそ、移動はできるだけスムーズに、ですよね」

真優がそう言うと、警備の男は申し訳なさそうに頷いた。

「はい。ここは箱根の入り口ですが農場の入り口でもあるので、スムーズな移動と検問通過をお願いしております。できるだけ立ち止まらず、真っ直ぐ改札に向かうか乗り換えをするようお願いいたします」

「ええ、分かっています」

「本日は公務ですか？　それともご旅行？」

「旅行です。こちらの妹夫婦の結婚祝いに、農場産の美味しいものを食べてもらおうと思いまして」

真優の紹介に、明香音は少しだけ顔を明るくする。

警備の男はニッシンと明香音を見ると、笑顔で頷いた。

「いいですねぇ！　よろしければ、食料国防隊の関係者は改札検問の優先レーンにご案内できますが」

「今日は公務ではなく私用なので、観光の皆さんのレーンに並びます。お気遣いどうも」

「いえいえ。それでは自分はこれで。箱根を楽しんでくださいね」

爽やかな笑顔を浮かべて去ってゆく食防隊を見送ると、真優は一瞬だけ怪訝そうな表情を見せた。が、それは本当に一瞬で、すぐに明るい笑顔を浮かべ、全員を促した。

「それじゃ、行きますよ。改札検問の隊員の指示には全て従ってくださいね」

「あ、ああ」

「……りょーかい」

ニッシンと同じくらい古関も胸をなでおろした顔で、真優の後に続く。

一人明香音だけがにんまりと笑顔を浮かべて、ニッシンの腕を取って横に並んだ。

「妹夫婦、だってー。案外いい奴じゃん？」

「はいはい、そうだな」

「ほらほらー。真優の指示に従わないと、後々困ったことになるんだから、いちゃいちゃしてこー」

どこまで本気か分からない明香音の度胸に気おされつつ、ニッシンは明香音と腕を組んで真優の後に続く。

四人が向かう先では箱根湯本の街に出る改札口で、食防隊がX線検査と目視確認の厳重さで、観光客の荷物を底の底まで検査していた。

ニッシンはその様子を、やや緊張の面持ちで見やる。

だが今更引き返すこともできず、改札検問の行列が少しずつ進み、もうすぐニッシン達の番というタイミングになったときだった。

「ち、違う！　こ、これは何かの間違いで……」

別のレーンで、中年男性の悲鳴が上がった。

そちらを見ると、一人の男性が地面に膝を突いて頭の後ろに回し、食防隊員にライフルの銃口で抑え込まれていた。

「小田原検問所の奴らは何をしていたんだか。こんな偽造切符を通すなんてな」

「ち、違う、偽造じゃない！　ちゃんと地元の食料国防隊の窓口で……」

「トランクのカバーを二重構造にして化学肥料か何かを潜ませているな。農場のプラントを汚染するつもりか」

「何を言ってるんだ！　そんなことはしていない！」

「農場への不法侵入未遂と化学製剤類所持容疑で逮捕する。身柄は農場拘置所に拘留する。抵抗すれば射殺するぞ。立て」

「ち、違う。違うんだ。私は……！」

男は銃口で小突かれながら引っ立てられてゆき、男の連れらしい男女数人も同じようにライフルを突き付けられながら悄然《しょうぜん》と検問の列から引きはがされた。

彼らの姿が見えなくなると、ざわついた雰囲気はすぐになくなり、また粛々と検問の列が進み始める。

「……頼むぜおい」

ニッシンは誰にも聞こえない声で小さく呟くと、明香音にも聞こえないような小さな溜め息を吐くのだった。

※

「ぶー……ふー……ぶーぶー！」

夜。ホテルの浴衣《ゆかた》を纏った明香音は、ベッドの上で不満そうに頰を膨らませたかと思えば、

膨らんだお腹を満足そうにさすって薄ら笑いを浮かべながらため息を吐き、そしてまた、

「ぶーぶー！」

不満そうにブーイングを天井に放出した。

「……何が不満なんですか。あれだけ散々飲み食いしておいて」

そんな明香音に、同じく浴衣姿の真優が眉を顰めて尋ねた。

「真優さぁー、駅で私とニッシンのこと、妹夫婦って言ってくれたじゃーん」

「ええ、それが一番疑われないかと思いまして。それがどうしたんですか」

「じゃー何で私とニッシンが同室じゃないのー？　ってさー！」

四人は、箱根湯本NFP入り口駅から徒歩十分の、川沿いのホテルに投宿していた。

ツインの二部屋で、男子部屋と女子部屋に分かれている。

「……はぁ」

真優は溜め息を吐くと、腰に手を当てる。

「ここはNFPの中ですよ。アディクターから目を離すと思ってるんですか」

「NFPの中だよ？　いくらアディクターだからって、バカな真似《まね》すると思ってんの？」

「私は隊長ほどあなたや新島さんを信頼していませんから」

「そりゃそうだけどさ。あとその『ニイジマさん』てやめない？　なんかピンとこない」

「『ニッシンさん』はもっと変でしょう。第一、アディクターを愛称で呼ぶの、嫌ですし」

「弥登なんか最初からニッシンとしか呼んでなかったよ」

「それは彼が本名を隊長に教えていなかっただけでしょう。それにあなたと新島さんが同室なのは、そっちがよくてもこっちが困ります」

「何がさ」

「あなたは新島さんが好きだからよくても、こっちは古閑さん好きじゃないんで嫌です」

「あぁー……」

確かに明香音がニッシンと同室になったら真優と古閑が同室になる。

「アディクターと同室より嫌なん？」

「月井さんは同性でアディクターなので、同室で監視する理由があります。古閑さんとは同室になる理由がありませんし、そもそも嫌です」

「……そんなに嫌いなの？」

「ただの同僚とホテルで同室とか嫌に決まってるでしょ。それより……！」

真優はベッドに腰かけると、明香音を睨むように見据える。

「仕事の話をしましょう。今日はそれほどあちこちは回れませんでしたが、何か気付いたことはありましたか？」

気付いたこと、とは、有体《ありてい》に言ってしまえば弥登と接触する算段のことだ。

「……あいよ。でも今更だけど大丈夫なの？　これとか」

明香音が耳と目を強調するジェスチャーをすると、真優は首を横に振る。

「大丈夫でなければこんな話はしていません。最初からそういうホテルを選んでいます」

明香音は大儀そうに身を起こすと、浴衣の裾を直しながら真優と差し向いになるようにベッドに座り直した。

「大涌谷《おおわくだに》行ったじゃん。ロープウェイでさ」

「ええ」

「私そもそも仕事以外じゃ横須賀を出たことってほとんどなかったからさ、ロープウェイって初めて乗ったわけよ」

「なるほど、それで？」

「でさ、名物に美味いモノ無しみたいな言葉あるけど、やっぱ観光ブーストってあるよね。黒ゆで卵、なかなか美味しかったし、卵ソフトクリームとか、本当に美味しかった！」

「それはよかったですね」

「ホテルの夕食もさ、普段食べてるものと比べると、本当にきれいすぎて美味しすぎて、イーストウォーターのガキどもにお土産に持って帰りたかった」

「満足できたなら何よりですが、つまり何が言いたいんです？」

「人のお金で飲み食いするのは美味しさ倍増すったあああー！　何すんのさ！」

乾いた音が空調の音に混じって響いた。

「叩きますよ？」

「叩いてから言うな！」

「逮捕しますよ？」

真優は限りなく本気で言っていた。


「…………………………………」

「……………………………何だよ」

「…………………………」

「……………………………何なんだよ」

部屋割りが決まってからというもの、ニッシンはずっと古閑から見られていた。

睨まれているわけではない。ただ見られている。

まるで仏像やモアイ像の前にでも立たされているかのようだ。

その上、こちらから問いかけてもほとんど返事がない。

そもそも、ニッシンと古閑の間には共通の話題が弥登のことくらいしかない。

箱根に来るまでも来てからも、真優とは色々言葉を交わしたが、古閑と交わした会話は大涌谷のトイレの場所を教えたことだけだった。

この後することと言えば、せいぜいこの先の行動の話し合いと風呂《ふろ》くらい。

元々リラックスするための旅行ではないとはいえ、このままずっとダンマリでそばに居られては、居心地が悪いどころの話ではない。

「この後、四人で気付いたことのすり合わせでもしないか。飯食ったばっかかで、まだ風呂って気分じゃないだろ」

だから、何故こっちが気を遣わなければならないんだという思いをこらえつつ歩み寄りの姿勢を見せてみるが、古関は身じろぎもせずニッシンを見る目つきも変えない。

「……お前」

「え？」

「本当のところ、隊長とはどういう関係なんだ。どこまで行ったんだ！」

「はあ!?」

しかも、歩み寄りとはかけ離れた話題を叩《たた》き込んできた。

「正直、俺は今自分が何やってんだかよく分からねぇんだ」

「はあ……」

「確かに隊長に、あんな真似した真意を聞きたいって気持ちはある。だが、それは将来のキャリアを棒に振ってまでやるべきことなのか、ここに来て分からなくなった」

「……一応確認しておくが、話を持ってきたのはお前らからだってこと忘れんなよ？」

裁判で通用する言い訳ではないだろうが、今日ニッシンと明香音が無事に箱根にいられるのは、真優と古閑の手引きあってのものだ。

かつての箱根町全体が国営農場NFPとなった現代では、たとえアディクターでなかったとしてもおいそれと入れる場所ではなく、最低でも空港のイミグレレベルのセキュリティーを突破しなければならない。

「そうだ。隊長の真意を知りたいと言ったのは確かに俺達だ。食料安全維持法が正しいのか疑問を持ったのも確かだよ。だが、俺はお前……いや、松下さんも、どういうつもりでここに来たのか、お前と松下さんの口から聞いておきたい」

「どういうつもりって、お前、分かってやってるんじゃないのか」

「それが不安なんだよ！　正直、松下さんと俺の認識、そこそこズレてる気がするんだよ！……隊長の真意を確かめるのはいい。そのためにお前を連れて行けば、隊長も少しは気を許してくれるかもしれない」

「まぁ、そうだろうな」

「そうだろうな、だとお？　お前、隊長にちょっと好かれてるからって調子乗ってんじゃねぇぞ！　逮捕されたいか！」

「いやお前そんなガキみたいな絡み方……弥登のことになると話がすぐすっ飛ぶし……何だよ、古閑お前、薄々そうじゃないかと思ってたけど、弥登のこと好きなのか」

「隊長を嫌いになる男なんていない！　もちろん俺だってそうだ！」

「松下がお前のこと気持ち悪いって都度都度言うの、なんか分かる気がしてきた。で、弥登が俺のこと気に入ってるのが気に食わないと」

「ああ気に食わねぇな！　食料国防隊員の模範だった隊長が、お前なんかに会ったせいであんな……あんな……ぐうぅう！」

「おいおい……」

単純な恋愛的な意味だけでなく、古閑は弥登のことを心から尊敬していたのだろう。

この熱量は崇拝や依存と言い換えてもいいかもしれない。

弥登に好かれているかどうかの話はともかく、ニッシンと出会ったせいで弥登が変節したという旨《むね》の愚痴は、真優と古閑と交流が発生してから一日に一回は必ずぶつけられる。

「話戻せよ。弥登が俺のことをどう思ってるかなんて、それこそ弥登本人に聞かなきゃ分からないことだ。それより……」

「お前如きが隊長のことを下の名前で呼び捨てにしてるのも気に食わなあうっっ！」

「話が進まねぇって言ってんだろうが殴るぞ」

「殴ってから言うな！　平手打ちなんて、隊長にもされたことないんだぞ！　公務執行妨害で逮捕してやあうっ！」

「あーもう」

本当に話が進まないので、ニッシンはもう一度古閑を平手打ちしてから、話を元に戻した。

「それで、お前と松下の認識がどうズレてるって言いたいんだ。これ以上ガキみてぇなこと言うようなら俺もう一人で風呂入りに行くぞ」

「うぐぐ」

「言っとくが、俺と松下の認識はきちんと一致してる自信がある。言わずもがな明香音もだ。つまり、違和感を抱いてんのはお前一人ってことだ」

「……それじゃあ聞くがな……」

「ああ」

「隊長の話を聞くだけなら、松下さんが面会予約を取って接見すればいいいだけだ。それなのに何で、お前らに箱根の観光地を回らせてやる必要があるんだよ」

「おいおいマジか。そんなとこからかよ」

ニッシンは呆れたように言うが、一方で古閑が自分の疑問に対し既に答えを出していることも理解していた。

だが、きっと古閑はそれを誰かに否定してほしかったのだ。

「俺と明香音に、観光開放エリアから立ち入り禁止エリアに侵入する経路を探させるために決まってるだろ。弥登を農場から脱出させるためにな」

「…………………………………………………………だよなぁ～」

古閑は天を仰ぐと、たっぷり息を吸ってから、葛藤に決着をつけるために過剰に息を吐いて唸ったのだった。

農場に収容されたアディクターを脱走させる。

戦後憲政史上、一度として起こったことのない前代未聞のテロ行為に他ならない。

そんな計画を持ったアディクターが食料国防隊員の手引きで今、NFPの中にいる。

自分がその未曽有のテロ計画に参画してしまっていることに、古閑は今更ながらに確信を抱いたのだった。

「まずはざっくり、今日巡ったエリアを復習しましょうか」

作戦会議と称して女子の部屋で、真優が広げたのは、観光客向けのパンフレットに描かれた箱根NFPの簡単な地図だった。

観光客の唯一の進入口である旧箱根湯本駅、現箱根湯本NFP入り口駅を起点に、観光客が観光することを認められているエリアだけが記載されている。

「今日巡ったのは一番メジャーかつスタンダードな箱根の観光ルートですね。入り口駅から登山列車に乗って強羅《ごうら》駅へ。強羅からケーブルカーで早雲山《そううんざん》駅へ。早雲山駅からロープウェイで大涌谷へ。大涌谷から芦ノ湖そばの桃源台《とうげんだい》へ。帰りはバスで仙石原《せんごくはら》方面からぐるりと北回りルートで入り口駅に帰って来る、と」

箱根NFPは、第三次大戦後に旧箱根町全体が農場として生まれ変わった、都市近郊型だった。

戦前の箱根は、日本有数の温泉地であり観光地というイメージが強かったが、実は古くから高い海抜と、湿潤で冷涼な気候、そして芦ノ湖の水源を生かした畑作、稲作、畜産が盛んであり、特に稲作は関東地方では指折りの生産量を誇っている。

戦後に制定された食料安全維持法の下、国が一元管理する国営農場設置の必要に迫られたとき、箱根は真っ先に候補に挙がり、関東最初のNFPとして国の歴史に新たな一ページを描いた。

本来NFPは現代日本では国家機密に指定される場所だが、箱根は日本で最も有名な観光地の一つであったという側面を生かし、国の内外にNFPの有用性をPRする場所として、一部のエリアを国定公園に指定し、観光用に開放しているのだ。

今日、ニッシン達が回ったのはその開放エリアの一部であり、箱根湯本NFP入り口駅にやってきていた観光客のお目当ては、風光明媚な箱根の風景と、箱根NFPが生産する新鮮で清浄な食品をふんだんに使った贅沢ご当地グルメだ。

国家機密を観光用に開放するなど如何《いか》にも矛盾した行いではあるが、政府としてはNFPがアディクター向け刑務所と見られているイメージを払拭《ふっしょく》したい意図がある。

箱根以外にも、北海道の十勝や九州の由布院など、元々観光需要があった場所に設置されたNFPが一部民間に開放されている。

そういう意図もあってか、今日ニッシン達が行く先々で接した食防隊員達は、物騒な銃火器を携帯しつつも不気味なくらいに愛想《あいそ》よく観光客に接し、甲斐甲斐《かいがい》しく農場の案内などしており、ニッシンも明香音も薄気味悪い思いに囚《とら》われたものだ。

「今日は行かなかったけど、仙石原って人気の美術館かなんかがあるんでしょ？　バスもロープウェイも結構ぎちぎちの満席だったし、こうして実際に来ると、思ってた以上に結構好き放題あちこち行ける感じするよね。農場なのにさ」

真優が指し示した順路を見て、明香音が思わず呟く。

「本当にそう思うか？」

明香音の意見に、ニッシンが否を示した。

「登山鉄道もロープウェイも、全部の駅に食防隊がホームで睨みを利《き》かせてた。詰所みたいなのもあるから、最低でも観光客が乗り降りする可能性がある場所にはそれなりの戦力が配置されてると見るべきだ」

「大体その予想で合っています」

ニッシンの推測を真優が肯定する。

「バスも、桃源台を出発してから仙石原に至るまで大きな温泉宿付近以外には停留所が無かったし、宿も停留所も、やっぱり隊員の詰所みたいなのが近くにあった。実質、外から来た人間が見学できるのは、今日俺達が視界に入れられた場所が全てだと言っていいだろうな。そこから一歩でも踏み出そうとしたら……」

今朝の入り口駅でそうだったように、食防隊の銃口がこちらに向くことになるだろう。

「その予想も当たりです」

真優が再び肯定した。

「その上、だ」

スムーズに推測を肯定する真優に怪訝なものを感じつつ、ニッシンは続けた。

「今日俺達が見た農場スタッフは、全員が食防隊員だった。囚人……『農場職員』を一人として見ていない」

「一応見たじゃん。大涌谷でさ」

明香音が言うのは、大涌谷のロープウェイ駅で流されていた、プロパガンダ映像のことだ。

『満たして止《や》まず！　ＮＦＰの全て！』と題された映像の中では、食料国防隊とともに揃《そろ》いの清潔なツナギを来た若い男女が、精力的に農業や水産業に従事する姿が収録されていた。

どの『職員』も誇りとやる気に満ち、農場で生産されるあらゆる食品が食料安全維持法に準拠した素晴らしいものであること。それが国民の元にまんべんなく届けられているという『事実』を満面の笑みで語っていた。

「いつ収録された映像なのか知らないが、あれに映ってた奴ら、今生きてるのかね。そもそも本当に『職員』だったかどうかも怪しいが」

農場に収監されたアディクターは、二度と外には出てこない。

それは単純に刑期が長いこととは別に、数年で健康を害してしまうからだというのが周知の秘密だった。

それが問題視されないのは、農場の中で命を落とすのは食料安全維持法に背いたアディクターだからである。

自業自得《じごうじとく》、という言葉で片付けられた命の数はどれほどになるだろう。

「それで、新島さんはそれらの材料から何を言いたいんです？」

「明日、松下が俺達をどういうルートでどこに連れていくつもりか知らないが、普通に考えれば、農場側が許可している観光ルートで俺達がどれだけ目を皿にしたところで、万に一つも弥登を見つけることはできないだろうってことだ。行けない場所があまりに多すぎる」

ニッシンは公共交通機関を示すライン以外の全てを指先で丸くなぞって囲んだ。

「明日は農場の南側。旧東海道をバスで辿《たど》って箱根神社の方に行く予定でした」

「そのバス、途中で降りられるのか？」

「北回りルートと一緒です。所定の停留所以外では降りられませんし、降りても行ける場所は限られています」

「なら、お手上げだ。今のご時世にあり得ない贅沢させてもらっといて悪いが、この箱根旅行で俺達が弥登と接触する手立ては見つけられないと思ってくれ」

「そこを何とか、アディクター特有、犯罪者特有の視点で、常人の思いもつかないような裏技を思いついたりしません？」

「私達を犯罪者にしたのは、私達じゃないけどね」

真優の物言いに明香音は口を尖《とが》らせるが、必要以上に突っかかったりはしない。

無神経ではあるが、生まれてこの方食料安全維持法が施行された日本しか知らないニッシンも明香音も、自分が犯罪者だという自覚は十分に持ち合わせている。

その上で、ニッシンは言った。

「弥登と接触することは無理だが、単純に農場に侵入する手立てならいくつか考えられる」

「っ！　本当ですか⁉」

それに最も強い反応を示したのは、真優だった。

明香音と古閑は、むしろその真優の反応に驚いた方だった。

「ただ、やっぱり正確な地理が分からんことにはどこにどんな見張りや罠《わな》があるか分からんし、侵入できたとしてこの広い箱根で当ても無く弥登を探し回るのは、どう考えても現実的じゃないだろ」

「まぁ、それはそうですが」

「せめて弥登が収監されてるのがどこか、働かされてる場所はどこなのか、大体でも当たりをつけられなきゃどうにもならない」

「……そう、ですか……」

見る間に消沈する真優と、どう反応して良いか分からない古閑を見て、ニッシンは改めて尋ねた。

「松下。お前何でそこまで必死なんだ？」

「何がです？」

「お前と古閑の間に、今回の件に対する温度差があるから聞くんだ。弥登の脱走が上手《うま》く行こうが行くまいが、お前らはもう食防隊にはいられなくなるだろう。それでいいのか？」

「そんなことはありませんよ。全てが上手く行った暁には、私はのうのうと鎌倉署勤務を続ける気です」

「続けられるかぁ？」

古閑のぼやきは、そこまで深い意味を込めたものではなかっただろう。

だが、真優はしっかりと古閑に向き直った。

お仕置きを喰らうのかと身構えた古閑だったが、真剣な表情の真優に真っ直ぐ見つめられ、逆にたじろいでしまった。

「『食料国防隊は、日本人の食の安全を守るためにいる』」

「……松下さん？」

「隊長の言葉だそうです。逮捕される直前の。三浦半島浄化作戦の本部にいた同僚から聞きました」

真優はそう言うと、ニッシンと明香音を見た。

「隊長があんなことをするまでは、当たり前のことを言ってるだけだと思った。でも、あそこまでして、こんな男のためにこれまで積み上げた全てを捨てて……それでもあの人は私の前でも、あれをすることを『隊長としての責任』と言い切った。古閑さん、自分の進退や気持ちはともかく、食料国防隊の責任、って何だと思います？」

「ええ、そりゃあ、日本人に安全で安心な食料環境を……」

「そうです。安全で安心な食料環境。それを日本にもたらすのが我々食料国防隊の役割です。だったらどうして私は……」

『毎日綺麗なご飯をお腹いっぱい食べられていた私が『恵まれた立場』っておかしいでしょ』

「……どうした？」

黙ってしまった真優を、ニッシンが促す。

「……いえ、隊長が言っていたことを、少し思い出しただけです。とにかく、私は食料安全維持法を疑ってるわけじゃありません。今だってインスタント食品を食べるなんてまっぴらです。でも、実際に食料安全維持法のせいで生存権が脅かされている日本人がいることは、認めざるをえない。いえ、分かっていて、見ないようにしていた。ただ私と古閑さんだけでは、それを確かめることもできないし、よしんば確かめたとしても……行動に移せない」

「行動？」

「下っ端根性が沁《し》みついてましてね。自分や組織に疑問を持っても、一人じゃ動けないんですよ。こう見えて、割とあの子に……頼り切ってたところ、ありましたから」

真優は自嘲気味にそう言うと、古閑を見た。

「だから……私はあの子……隊長の本当の気持ちを聞きたいんです。私達がしてきたことが間違っていたのか、正しかったのか……間違っていたのなら、どうすればいいのか。食料国防隊の責任とは何なのか。それは、監視されて盗聴されている接見室では、絶対に聞けない」

「あいつのそれを聞いたら、どうするつもりなんだ」

「それを聞いた上で、もう一度食料国防隊の責任って奴が何なのかを考え直して、その考え直した考えを元に、私は隊員としての責任を果たしていくまでです」

真優はそう言い切った。そして。

「他に誰も聞く人間がいない場所で、二人きりで話したい。そんな場所は農場の外にしかない。古閑さん」

「あ、ちょ……！」

明香音は目を見開く。

一体どこに潜ませていたのか、真優は浴衣の懐《ふところ》から拳銃を引き抜き、古閑に向けた。

「だから、日和って密告《チク》られたりすると、マズいんですよ。私は新島さんや明香音さんと一緒に隊長を脱走させた後、そのまま食料国防隊勤務を続けるつもりなんです」

ニッシンは動かない。古閑もまた、真優から向けられた銃口をまっすぐ見つめていた。

「別に、どっちでもいい」

決意に満ち満ちた真優に対して、古閑の返答はあっさりしたものだった。

「俺は松下さんほど使命感に満ちた隊員生活を送ってたわけじゃない。どっちかって言えば、運よく入隊して、幸い仕事が性に合って、ある程度上昇志向があって、人生に極端な波風立てたくない方だ。だから基本的には職務に忠実に、でも逆に言えば自分で何かを考えるのは性に合ってなかった」

「その割には、よくここまで黙ってついてきましたね」

「俺は俺できっと、松下さんとは逆のアプローチで、隊長に素直な話を聞きたかったからかもな」

「逆？」

「俺は言った通り、食防隊の職務に忠実に生きてきた。だから最初、隊長にヒュムテック隊の隊長職をかっさらわれたときに反発もした。でも結局はあの人が俺以上に優秀な隊員であるって理解させせられて、忠誠を誓ったし、敬愛もした。だから隊長がそんなアディクターに絆《ほだ》されて感情のままにあんなことをしたなんて思いたくない。だから、ある意味俺は、松下さんより一歩先に進んでるとこにいる。それは横須賀で、こいつらにも言ったことだ」

古閑はニッシンを見ると、顔を顰めて言った。

「俺達が従っていた食料安全維持法は間違ってた。その確信を、隊長から得たい」

「確信を得たら、どうするんです？」

「俺は松下さんと違って、隊をやめることになると思う。間違った組織にそのままいられないし、隊長のその後が心配すぎるからな」

「見返りは皆無ですよ。お金にはなりませんし、隊長は新島さんにぞっこんですし」

「おい松下」

「ちょっと真優」

ニッシンと明香音がそれぞれのベクトルで突っ込むが、真優が銃を持っている間は強く入ることができない。

「見返りが皆無？　バカ言え。事によったら歴史に名を残せるかもしれないだろ」

「は？　歴史？　コイツ何言ってんの？」

「おい松下。大丈夫なのか本当に」

「今のうちに撃っておいた方がよさそうですね」

「こんな綺麗に総ツッコミされること人生でそうそうねぇよ！」

古閑は小さく悲鳴を上げた。

「隊長が間違ってるって言うものは間違ってる。お前ら皆、隊長をここから出す気だ。面倒くさいこと抜きに全部上手く行って隊長が外に出たとしようか。その後、どうなる」

「どうなるって……」

「新島、本当にテメェの野望に隊長が人生賭けて付き合うと思うか」

「弥登が、俺との約束を破るとでも？」

「いいや。約束は守るさ。隊長はそういう人だ。でも、それはお前が想像する形じゃない」

古閑はもう真優の銃口は一切気にせずニッシンを睨んだ。

「お前の夢。メシの楽園を作る、だったか？　何だか小さな店開きたいんだろ？　もし本当に隊長が心の底から今の世界が間違ってると思ってるなら、そんな小さいもののために人生賭けるわけねぇだろ。俺は隊長が目指すだろう大きなものについてく。そうすりゃ、きっと俺の名は歴史に残る」

悪意や嫉妬で言っているわけではないのは表情で分かる。

「マジで意味が分かんないんだけど」

明香音は不満顔だが、ニッシンは捉えどころのない古閑の話を真剣に吟味し、真優も納得したように銃を下ろした。

「……随分ベクトルが違うが、お前らが本気だってことは十分分かった」

「私も古閑さんがここまで腹くくってるとは思いませんでした」

「半分ヤケだよ俺だって。隊長があんなことしなきゃ安泰な隊員生活が続いたはずだったのにな、と思ってはいるんだ」

「え？　話についていけてないの私だけ？　えー……？」

不満顔の明香音の肩にニッシンが手を乗せる。

「こいつらはこいつらで本気だ。本気で今の体制に疑問を持って、本気で弥登を逃がそうとしてる。そのことだけは信じてやれ。まぁ」

ニッシンは真優の手の中の銃を見て続ける。

「その結果、この四人の全員が生きてるかは、まだ分からんがな」

「信じてくださいよ。あなた方を犠牲にして隊長を救出しても、本音なんか聞けません」

「どうだかな。お前はそういうとこ、平気で誤魔化せる人間だ。今となっては松下より古閑の方が信じられる」

「人を見る目は、あるみたいですね」

真優は銃のマガジンを取り出しスライドを開けてみせる。

「カラですよ。今の私達は署から弾丸を持ちだせないんです。鎌倉署警備三課はまだ謹慎が解けてないんです」

「弾が入ってないからって拳銃を持ち歩いていいのかよ。よく駅の検問に引っかからなかったな」

「そこはほら、謹慎中でも公私で銃の携帯を認められている食料国防隊員ですから。こういうとき公務員は得ですね」

そう言うと、真優は銃をくるりと回して、グリップをニッシンに差し出した。

「でも、こういうことだってやろうと思えばできるんです。私達下っ端の権限ですら持ち込めるものは沢山あります。どうにか、考えられませんか」

ニッシンは銃を受け取ると、スライドを戻し、真優の手にあるマガジンを見て、腕を組んで唸る。

「考えはあるとは言った。だがお前らが目を覚ますような斬新かつ絶対成功みたいな話じゃないことは理解しておけ」

ニッシンの前置きに、真優が前のめりになる。

「まず近代日本以降での『刑務所脱走』とか『脱獄』ってのは、件数自体が本当に数えるほどしかないんだ。特に第二次大戦以降になると、終戦直後の混乱期を除けば本当に何年に一度のレベルでしか発生してなくて、当然そんなに少ないからほぼ全員が見つかって逮捕されてる」

「マジかよ。再逮捕されたらどうなるんだ?」

「別にどうもしない。素行不良で刑期延長みたいなケースもあれば、その後何があったか公開されてないケースもある。まぁ脱獄の情報っていうのは基本統制されるものだからどこまでこの話が正しいのか分からないがな」

「確かに、脱獄の情報が世の中に伝われれば、どこがどう巡って新たな脱獄に繋がるか分かりませんからね。統制されるべき情報だと思います」

「だから日本で知られてて、かつ普通の人間が想像する牢屋《ろうや》や刑務所から逃げ出す『脱獄』の話ってのは、第二次大戦前の話や、管理の甘かったり汚職が酷かったりする海外の話ばっかりだ。そのことを念頭に置いた上でなお、脱獄ってのには本当に必要不可欠な要素が多い」

　ニッシンは指を順に立てる。

「一つは当たり前だが脱獄ルート。二つ目はそのルートを踏破するための道具。大昔の伝統に倣《なら》えば、食事のときにスプーンをガメてトンネルを掘る、みたいなのは定番だな」

「現代の感覚で言うと、配ったはずの食器の数が欠けてたら一発でバレそうですけどね」

「実際そうだと思う。それに内部で物を調達するのは内部の人間が自主的に脱出する場合の話だ。俺達がやることは、外から中の人間を助けようって話だからな。だからその場合、絶対に必要なことがもう一つ」

　ニッシンは最後の指を立てて、言った。

「救出対象と連絡を取る方法の確保」

「どういうことです？」

「脱出経路や方法や時間なんかを打ち合わせないで脱出なんかさせられない。何のコンセンサスも取らずに助けに来て、合流できるまで延々警備の食防隊と大立ち回りし続けるわけにいかないだろ。脱獄にかける時間ってのは極力短くしないといけないし、しかも夜が基本だ。ましてこれだけ広いエリアから夜に待ち合わせて外に出さなきゃならないんだから、待ち合わせの正確な時間と場所、そして方法が決まってなきゃどうにもならない」

「それは分かります。分かりますが、そんなことどうやれば……隊長の本心を聞くよりよほど難しいですよ。当たり前ですけど面談室だろうが手紙だろうが、全て完全に監視、検閲されますし」

「だからこれが一番難しいんだ。事前に暗号や符丁が作れていないから、これから何とかして弥登に接触して色々な約束事を取り付けるしかない。古典的な方法だと手紙に使う封筒や切手。あとは差し入れの衣類や本に細工をするなんてのが定番だが……」

ニッシンの挙げる例を聞いて、真優も古閑も顔色が暗くなる。

「衣類の差し入れは不可能ですね。農場職員の衣類は下着に至るまで法律で決まっています」

「本や手紙もなあ。本の差し入れは農場が指定した新品の本を通販形式でしかできないし、差出人が不明確な手紙は全部弾《はじ》かれるって聞いたことある。届いたところでどのタイミングで農場職員が読めるのか俺達も知らない。検閲の方法や基準は基本部外秘なんだ」

「頼りにならないなぁ。そっちも何かアイデア出しなよね」

ダメなことだらけの食防隊二人に、明香音は不満顔だ。

「にしてもニッシン、何でそんなに脱獄に詳しいの？」

「ん？」

「一つ一つのことは言われればなるほどって思えるんだけどさ。じゃあ自分でパッと思いつくかっていうと、そんな感じでもないから」

明香音の問いに、ニッシンは苦笑する。

「俺が人より詳しいことってのは、大体母さんに教わったことなんだよ」

「志乃《しの》さんから？」

ニッシンの母親、新島志乃は名うてのアディクターだった。

料理やアディクター活動に関するニッシンの知識のほとんどは母の受け売りであり、そのことは付き合いの長い明香音もよく知っているのだが、まさか食防隊に逮捕されたときの脱獄でも目論《もくろ》んでいたのだろうか。

「俺達が現場に出る何年か前に、農場から誰かを脱獄させる計画が持ち上がったんだと」

シンジケートとはニッシンと明香音が根城にしている横須賀の街に根差すアディクター達が作る互助組織だ。

「でも、今私達にその手の知識が無いってことは……」

「ああ。計画倒れになった。やっぱリスクが高すぎるってことでな。単純に脱獄させることが難しすぎる上に、脱獄させたことで横須賀に類が及ぶ可能性を捨てきれないってことでな」

「なるほどねー。今回私達は弥登が箱根にいることだけは分かってるけど、刑務所ならともかく、食防隊に逮捕されたらどの農場に送られるかなんて分からないもんね」

「まぁ、その点俺達はたった二人とはいえ食防隊が味方にいて、救出対象の農場が分かってるだけマシだ。明日も可能な限り方法を模索するが……」

「するが、何？　え、どうしたの？」

ニッシンはほんの一瞬だが言葉を切り明香音を見た。

その不自然な間は明香音だけでなく真優と古閑も奇妙に思ったようだが、ニッシンは不審に思われる空気を断ち切るように首を横に振った。

「いや、何でもない。松下も古閑も、そう簡単に事が運ぶとは思ってないだろ。明日もきちんと目を皿にして、考えられることは考える。でも、脱獄計画は実行に移すまで時間がかかるもんだ。弥登は必ず助け出す。だがすぐにはできないことは分かっておいてくれ。それこそ年単位で計画を練らなきゃならないなんてことも珍しくないんだ」

「……分かっています。ですが、私達も隊長の元部下として、いつ異動させられるか分からない身です。お互い協力できるうちに、何とかしましょう。我々も出来る限り可能性を模索し、情報収集に努めます」

「ああ、実際に計画を動かす段階に来るまで、お互い無事でいよう」

ニッシンが通じている食防隊員は真優と古閑だけ。

もし弥登脱獄計画と何の関係も無いところで逮捕されてしまえば助かる術はないし、真優や古閑もアディクターと通じていることが露見すれば、同じように無事ではいられない。

計画を立てる前から薄氷を踏むような慎重さを求められるだけに、箱根のど真ん中でこんな話をすることの恐ろしさを、四人は今更ながらに実感する。

「とりあえず、これ以上の話は箱根を出てからにしようぜ。二人には悪いが、明日一日しっかり奢《おご》ってもらう」

「分かりました。お手柔らかにお願いします」

真優が強く頷き、この日は各々《おのおの》の部屋に解散となった。

翌朝、四人はホテルの清浄な朝食に舌鼓《したつづみ》を打ち、真優が予告していた通り、農場の南側の旧東海道を通って芦ノ湖の東側、箱根神社に向かうこととなる。

急勾配の山道を上がってゆくバスから見える山道は、美しい紅葉に彩られていたが、それ以上の情報はほとんど得られなかった。

「あ、なんか綺麗な池みたいのあるけど」

かなり山を登ってきたあたりで、明香音がバスの右側の窓から見える大きな池に気付いた。

「ああ、あれはお玉ヶ池ですね」

「お玉ヶ池？　何か有名な場所なの？」

真優は頷き、小声で解説する。

「江戸時代に、箱根の関所を破ろうとしたお玉という女性が捕らえられ、処刑されてその首を洗われたという場所です」

「………何その……何」

バスの中には車掌のような顔をしてNFPの隊員がいる。

弥登を壁の中から脱出させようとしている明香音達にとってはとにかく縁起の悪い話だったが、明香音はぎりぎりのところで感想を素直に吐露せずに済んだ。

※

町に吹く風には、潮の香りに砂埃《すなぼこり》と機械油の匂いが混じる。

「ん〜、変なの」

ニッシンの愛機である多脚戦車ヒュムテック『カンナC型』、通称ヤドカリのコンテナのルーフトップから顔を出した明香音は、高速道路の先に見える横須賀スラムを見て顔を緩ませる。

冬の太陽は既に三浦半島の稜線に消えており、薄暮の海と微かに灯《とも》り始めた横須賀スラムの数少ない照明が、言いようのない淋《さみ》しさを感じさせた。

「箱根のご飯は美味しかったしベッドは清潔でふかふかだったけど、スラムに帰ってくると何かホッとする。イーストウォーターの布団なんかもうほぼ布なのに」

『旅行ってそういうもんだろ。大体、いくら飯や宿が豪華でも、農場の中でリラックスなんかできやしねぇよ』

コックピットからのニッシンの伝声音は、明香音の安堵《あんど》に比べ若干の疲れが混じっていた。

「そりゃそうだけどさー。この先大変なんだし、真優達の奢りだったんだからニッシンももっと贅沢すればよかったのに」

『必要以上に松下から借りを作りたくねえんだよ。そもそも人一人脱獄させるなんて失敗する確率の方がはるかに高いんだ。さんざ借り作って失敗した日には、今度こそ松下と古閑に横須賀が滅ぼされかねない』

「そんなことないってばー。そもそもあの二人も弥登のせいで失脚寸前なんだから、横須賀をどうこうするような組織力なんかないって」

『お前は気楽すぎんだよ。そうじゃなくても俺、松下ちょっと苦手だ』

「ニッシンが神経質すぎるんだって」

『うるせぇ。俺はそもそも臆病なんだよ。そろそろ高速降りるぞ。コックピット来いよ』

「ん～。ヤダ」

『は？』

「だってその席、私ンじゃないし」

ヤドカリのコックピットは本来単座式だが、ニッシンの機は複座に改造されていた。

「シンジケートに行くんだよね。でも私お土産いっぱいあるし色々話すの面倒だから、先にイーストウォーターに下ろしてね？」

『おい、シンジケートへの報告、俺一人にさせる気かよ。明香音。おい明香音？』

明香音はニッシンの声には答えずコンテナの中に戻り、ヤドカリの跳躍に備えて対ショック姿勢を取った。

「いーから。頼んだよ。早いとこ美都璃に無事な顔見せてあげたいの！」

『何なんだよ……ったく』

ニッシンは高速道路からヤドカリを跳躍させ、山肌を滑り降りる。

旧横須《よこす》賀《か》駅《えき》から街中に入ると、ニッシンのヤドカリを知っている何人かが手を振って来る。

横須賀の有力アディクターが集うシンジケートの本部があるグレーチングストリートを横目に、ニッシンは仕方なく明香音が運営の一翼を担う孤児院『イーストウォーター』へと機首を向ける。

横須賀市街の南西側に位置するイーストウォーターの建物の前では、ニッシンのヤドカリの駆動音に気付いた子供達が、既に待ち構えていた。

「ニッシン！　明香音ちゃん！」

子供達の後ろから、イーストウォーターのもう一人の運営者で、明香音の無二のパートナーでもある布滝美都璃も駆けだしてきた。

しめる。

「たっだいまー」

明香音はヤドカリが完全に止まる前にコンテナから飛び出し、駆け寄って来る子供達を抱きしめる。

「お帰りなさい。二人とも無事だったのね」

「ま、なんとかな。ほい」

ニッシンもコックピットのハッチを開けて地面に降りると、後部座席に置いておいた箱根土産の袋を、子供達の中で少しだけ背の低い少年に差し出した。

「あ、ありがとうございます」

袋を受け取る腕も声もまだか細いが、既に瞳には強い生命力が戻っている。

「そろそろイーストウォーターには慣れたか？　ツバサ」

「は、はい。美都璃さんと明香音さんが、よくしてくれるので……それで、あの」

ツバサと呼ばれた少年は、美都璃や他の子供達から土産話をせがまれている明香音の方を見てから言った。

「弥登お姉ちゃんは、助けられそうですか？」

ツバサは、横須賀で行倒《ゆきだお》れ餓死寸前のところをニッシンと弥登に助けられ明香音と美都璃のイーストウォーターに保護された。

弥登と直接言葉を交わしたことは無いが、弥登にも強く恩義を感じているようで、ニッシンと明香音が真優や古閑との協力を決めかねていたときに、ニッシンの背を強く押したのがツバサだった。

　中性的な顔立ちの瞳で見上げられ、ニッシンは少しだけ言葉に詰まり、

「……どうかな。今んとこ、望みは薄そうだ」

　自分の中の偽らざる気持ちを口にする。すると、

「えっ……助け……られないの？」

　ツバサは心底ショックを受けたように目を見開いて言葉を失ってしまった。

「あ、いやその、たった一日二日現地視察したくらいじゃあ簡単に良い作戦は浮かばないって話でな？　今は色々な情報を集めて検討を重ねる段階で……」

　泣きそうになるツバサと慌てふためくニッシンに気付き、美都璃が苦笑する。

「ちょっとニッシン。子供だからって適当なこと言わないで、ちゃんと話してあげて」

「いや、適当なこと言ったわけじゃ……その、すまん」

　その苦笑が、ニッシンを見る刹那だけ目が笑っていなかったので、ニッシンは素直に謝罪を口にした。

「まぁまぁ美都璃、許してあげて。ニッシン、ガラにもなく緊張してたんだよ」

「え？」

「最初は『弥登を絶対迎えに行くー』とか息巻いてたのに、食防隊の真優と古閑と一緒だと緊

張しちゃったみたいで、箱根でもずっと仏頂面《ぶっちょうづら》だったの」

「いや、まぁ……」

「さ、みんな、ツバサも。ニッシンこれからシンジケートに報告しにいかなきゃだから、またあとでね。食防隊の金でたんまりお土産せしめてきたから、みんなで食べよ！」

「ほんと！」「おみやげ！」「また肉まんある⁉」

子供達は明香音の手からほとんど奪い取るようにして土産の紙袋を受け取ると、歓声を上げながら中に戻って行ってしまった。

ツバサはそれを呆然《ぼうぜん》と見送るが、明香音はツバサを抱え上げるとニッシンの前から引き離した。

「ほら、ツバサも行こう。ニッシンも送ってくれてありがとね。とりあえず、できるだけ早めに真優達と連絡取れるように色々考えよ。そんじゃね」

そして明香音は美都璃の背も押し、殊更おざなりな物言いでニッシンを置いてきぼりにして、イーストウォーターに入って行ってしまった。

「え、ええ……おう……ええ？」

体よく送らされた上にうっかり子供を傷つけてしまい、しかも何だか雑に場を纏められたニッシンは呆然と立ち尽くすしかなく、何度もイーストウォーターの玄関とヤドカリを交互に見た。

それから結局ニッシンが諦めて悄然と立ち去るまで、五分以上逡巡《しゅんじゅん》したのだった。

「あ、あの……」

明らかに異様な空気でニッシンを振り切ったことが分かったのか、明香音に抱えられたツバサは明香音を見上げると、明香音はあっけらかんとした笑顔を浮かべてツバサを床に下ろした。

「気にしないで」

「いや、でも……」

「ニッシンてさ、ああ見えてめっちゃ色々考えるし慎重派なんだ。仕事する上ではそれに助けられることも多いんだけど……たまに変なドツボに嵌ると煮え切らなくなることがあってさ。それでちょっとイラっとしたの」

「はあ……」

ツバサは明らかに納得していない顔だったが、美都璃は何かを察したのかツバサと一緒に明香音を促し子供達がお土産で盛り上がっているキッチンへと向かう。

「とりあえず、まずはお茶でも飲んで休みましょう。子供達も待ちきれないみたいだし、ニッシンのことも含めて何があったのか、色々聞かせて?」

「ん」

明香音は美都璃の薦めに従いキッチンに向かうと、そこでは既に子供達が箱根土産を広げて目を輝かせていた。

「すげー！　卵真っ黒！」「これ食安法通るのー？」「おかし！　おかしだ！　おかしだー！」

「あし……あし……あしづかうし？」

子供達の輝く笑顔と、そこに遠慮がちに加わるツバサの控えめな笑顔。

そんな彼らを微笑み見守りながらお茶の用意を始める美都璃。そして。

「あかねー！　はやくはやく！　はやくたべたいー！」

はちきれんばかりの期待を込めて明香音を振り返る皆の顔を見て、明香音は小さく微笑み、そして溜め息を吐いた。

「あー……そりゃそうだよ。仕方ないよ。ニッシンは、これ知ってんだもんなあ」

「あかね？」

「ん。なんでもない。確かにイラっとしたけど、ちょっとニッシンに意地悪し過ぎたかも」

キョトンとするツバサ達にはそれ以上何も言わず、

「よーし、それじゃあお土産発表会と行きますか！　いい？　ありがたーく食べるんだよ！　私が食防隊の巣に飛び込んで手に入れた戦利品なんだから！」

子供達の輪に飛び込んだ。

白湯《さゆ》に微かに色がついただけの粗悪なお茶を入れた美都璃はそんな明香音の様子を見ながら、

「……ニッシンは……全くもう」

ニッシンと明香音の間に何があったのか、或《あ》るいは無かったのか、想像を巡らせながら自分も喧噪《けんそう》に混ざりに行ったのだった。

※

「それで、実際どうだったんだ。NFPの内部ってのは」

横須賀スラムの実質的な中心であるグ・レーチングストリート。

その中心に立つアディクター互助組織、横須賀シンジケートの本部でニッシンは、シンジケートの重鎮達の質問攻めに遭っていた。

ニッシンや明香音が懇意にしている中華料理屋鳳凰軒《ほうおうけん》の主人、端木や中華系の反食安法素材を卸売りする李《り》大人。ヒュムテック工廠《こうしょう》の主である坂城ら、横須賀スラムの空気とともに生きてきた歴戦のアディクター達に据わった目で四方八方から睨みつけられると、彼らと幼少期から付き合っているニッシンでも思わず怖気《おじけ》づきそうになった。

「さ、最初に言ったろ。元々NFP側が公開してる場所しか見られなかったんだって！　おやっさん達が知ってる以上のことは、き、きっと無いぜ？」

「わしらの情報は古い。最後に同胞の解放を画策したのはお前の死んだおふくろさんが現役だった頃だ。そのときに調べたのも箱根じゃなかった。どんな小さなことだろうと、お前の得た情報は値千金ってもんだ」

「いや、でも端木のおやっさん。悪いけど今回助けるのは例の矢坂弥登であって横須賀のアディクターじゃ……」

「お前さんが助けようとしてる相手のことは分かってるし、そのことをとやかく言うつもりもねぇ。むしろあの嬢ちゃんを脱獄させりゃ、食防隊の面子《めんつ》を完膚なきまでにぶっ潰すことができる。そのためならシンジケートを挙げて応援してやるって言ってんだ。さぁ見てきたことをきりきり吐け」

「いや李爺《じい》さん、シンジケートを挙げてそんなことやったらまた横須賀が標的にされんだろうが！　だから俺が食防隊の協力者とだけで事に当たろうと……」

「いいから話せるだけ話せ。最悪お前が失敗しても将来誰かがまた箱根を攻めるヒントになるかもしれない。食防隊と通じるなんて、それこそレアケース中のレアケースなんだからな」

「いや、坂城のおやっさん、一応俺、失敗するつもりは無いんだけど……」

老人達がそれぞれにやいのやいのとうるさいのを宥《なだ》めながら、ニッシンは一泊二日の箱根NFP旅行の顚末《てんまつ》を語る。

「本当に盗聴はされてなかったんだろうな！」「明香音と何もなかったのかコノヤロウ！」

「一人で美味そうなもん食いやがって！」「温泉でのんびりする歳《とし》でもねぇだろう！」

途中かなり意味不明なヤジも入ったが、弥登救出の見通しも含め、ニッシンは真優達に語ったこととほぼ同じことをそのままシンジケートの会合で伝えた。

老人達の反応は様々で、自分なりの箱根攻略をシミュレーションし始める者もいれば、大した情報ではないと判断して残念がる者もいる。

現実問題、詳細な地理が分からない以上、どのような形であれＮＦＰの攻略など非現実的であるというのは横須賀に限らず日本全国のアディクターの共通認識だ。

かつて李老人が弥登に語ったように、アディクターとして生きるのもＮＦＰに捕らえられて生きるのも、本質的には大して違いはないと考える者は多い。

食べ物に命を懸け、結果どう足掻《あが》いても早死にする。

そもそもアディクターが捕らえられると政治犯として公開されることが多いが、多くのアディクターは何らかの政治的思想信条で過激行為に及んだわけではなく、究極的には単に腹が減って仕方ないから法律で禁じられた食べ物に手を出しているだけに過ぎない。

そのため「同胞」という言葉も仲の良い同業程度の意味にすぎず、社会運動の同志といった意味合いは薄い。

その上、この横須賀は戦後社会で都市部に適応できず食料安全維持法によって社会から弾かれた者の吹き溜《ふだ》まりであり、例えば首長がいたり、無法者を金で囲って手足のように使う権力者がいたりするわけでもない。

ニッシンの母親、新島志乃が亡《な》くなったのは五年前。アディクターとして積極的に暴れまわっていたのは更にその五年前までだ。

そのとき母とシンジケートがどんな理由でどのNFPから誰を救うつもりでいたのか、ニッシンは知らないし特に聞きたいとも思わない。

母からそのことを聞いたこともないので、実行に移されなかったか、実行して失敗したかのどちらかなのだろう。

いずれにせよその話を今聞いたところでどうしようもないし、参考にするべきでもない。

「それでニッシンよ。実際、どの程度勝算があるんだ？」

シンジケートの建物の会議室のホワイトボードに自分の体感からのイメージで描写した箱根のざっくりとした地図を見ながら、ニッシンは無表情に言った。

「今んとこ、お先真っ暗だよ」

「珍しいじゃねぇか。お前がそんなに自信無さげにしてんのは」

だが、端木はらしくもないニッシンのその反応に首を傾げた。

「農場脱出に成功したって話は聞いたことないからな。ただでさえ難しいミッションなんだ。俺だっていつもそう楽観はしてねえよ」

「……ふむ」

端木はまだ言いたそうだったが、それでも何も言わなかった。

「実行に移すにしろ、今日明日っていうんじゃない。実際何かするときにはちゃんとシンジケートに連絡もする。今日のところはこれで帰るぜ」

端木からの追及が止んだ隙に、ニッシンは逃げるようにしてシンジケートを後にする。

「クソ……腹減った」

明香音をイーストウォーターに送った時点でもうかなり暗くなっていたが、見上げると既に星が瞬く夜空だ。

時計を見てはいないが、恐らくとっくに夜八時を回ってしまっているだろう。

「これから晩飯調達するのも面倒だな。家のどっかに商売用のカップ麵でもなかったかな」

ぶつくさ言いながらヤドカリを駐機しているグレーチングストリートの駐機場に向かうと、

「随分詰められてたみたいね」

意外な顔がヤドカリの足に寄りかかってニッシンを待っていた。

「美都璃？　どうしたんだよ、こんな時間に」

「晩御飯の差し入れよ。明香音ちゃんがね、きっとニッシンはシンジケートで端木さん達にガン詰めされてご飯食べられてないだろうから、って」

美都璃はそう言うと、ヤドカリの陰に停められていたイーストウォーターのバイクのコンテナから、簡素な弁当箱を取り出した。

「マジか。助かる。本当に腹減ってたんだ」

「大したものじゃないけどね。お弁当箱はいつ返してくれてもいいから」

手渡された弁当箱はズシリと重い。

「明香音が作ってくれたのか？」

「ええ。でも明香音ちゃんも疲れちゃったらしくて、届けてくれってお願いされてね」

「そうか、何かその、悪かったな」

明香音と美都璃の普段の行動からするとやや不自然に映るが、ニッシンはそれに気づかないフリをし、弁当箱を抱えたままヤドカリに乗り込もうとした。

「明香音ちゃん、怒ってたわよ」

ニッシンは、コックピットに足を掛けた姿勢で止まってしまう。

「心当たり、ある？」

「無い、はずだ」

急に自信がなくなったように呟くニッシンに、美都璃はつい笑ってしまった。

「てことは、あるかもしれないってことでしょ？」

「……あいつは箱根でも、俺よりずっと伸び伸び楽しんでたぜ」

「でも、弥登さんを助ける計画は、あんまり進まなかったんですって？」

「そりゃそうだ。実際まだ松下達と行動し始めてほとんど経ってない。明香音も言ってただろうが、箱根でも基本的に食防隊の監視下にある場所しか動けなかったし調査もできなかった」

「みたいね」

「人一人脱獄させるってのは本当に難しいことなんだ。弥登を助けて俺や松下達が捕まってもそれはそれで意味がない。だから慎重に計画を……」

「それも本当なんでしょうね。でも明香音ちゃん、こうも言ってたわ。ニッシンは解決策を思いついてるのに、言おうとしなかった、って」

「……は？」

ニッシンは虚を衝かれ息を呑んだ。

ヤドカリの足から見上げてくる美都璃の表情は、怒っているでも楽しんでいるでもない、フラットな表情だった。

「図星？」

「……いや、それは明香音の勘違いだ。さすがにそこはマジで」

「嘘《うそ》」

美都璃は表情を変えず、ニッシンに皆まで言わせずに、そう断言した。

「何だよ。何が嘘だって……」

「『弥登と連絡を取る方法。ニッシンは思いついてる』ですって」

ニッシンははっきり、心臓がドクリと嫌な音を立てたことを感じた。

「なっ……んで……」

「随分高いところから質問してくるのね？」

美都璃の声色が一段階冷たくなったのを感じ、ニッシンは慌ててコックピットから地面に飛び降りた。

「箱根のホテルで松下さん達とどんな話をしたのかは知らないけど、そこで脱獄のコツについて、明香音ちゃんに講釈したんでしょ？　それで、松下さん達も困ったのが、どうやって弥登さんと連絡を取るか、ってことなのよね」

「まぁ、それは、その」

「で、明香音ちゃん曰《いわ》く『あそこまで言われりゃさすがに気付くよ』ですって」

「いや、だからそれは……」

「『多分言わないのは優しさからだったんだろうけど、この場合それは優しさかどうか、判定微妙だよねー』」

「……それも明香音が言ってたのか」

「これでも大分マイルドに通訳した方よ」

「マジかよ」

「荒れてたわよー。ニッシンにナメられたと思ってるフシがあるわ」

「ナメ……い、いや、そんなつもりは」

「だって、弥登さんを助けたいって気持ちは明香音ちゃんだって一緒なのよ？　それなら、その目的のためにアディクターとしてやれることは何でもやるべきじゃないかしら」

「……にしたって、やっていいこととダメなことがある。明香音が俺の考えの何を読み取ったのか知らないが、少なくとも俺が最初に考えたことは他の方策を検討せずに取って良い手段じゃない。松下達もそうすぐに行動に移せるとは思っちゃいないし、弥登もそう簡単に潰れるタマじゃない。考える時間はまだ……」

「ニッシンは弥登さんを、一秒でも早く辛い環境から助けてあげたいとは思わないの？」

「いや美都璃お前、その言い方は……」

「ＮＦＰから出てきたアディクターはいない。ニッシンには今更言うまでもないことよね」

美都璃の声色は、ニッシンの逃げを許さなかった。

「今この瞬間、弥登さんが命の危険に瀕《ひん》していない保障はどこにもないわ。違う？」

「……」

ニッシンは言葉に詰まる。

「私達にはＮＦＰの中で何が起こってるのか知りようがない。『農場職員』にさせられた人達がどんな死に方をしたのか、誰も知らない。実戦経験のあるタフな元食防隊だからって、矢坂元次官の娘だからって、大丈夫だなんて誰も言えない。そんなこと、何の保障にもならないわ。食防隊は、食安法に違反した人間をその場で、自分の判断で、射殺できるのよ」

「……美都璃」

「松下さん達も、弥登さんの現状を正確には把握できてないんでしょう？　刑務所に入った囚人の敵は看守だけじゃない。同じ囚人だって敵になり得るわ。ＮＦＰにいるのは食防隊に逮捕されたアディクターばかりよ。そんな人達が弥登さんに、どんな意地悪をしてるか分からないと思わない？」

ニッシンは最早《もはや》言葉を返せず、力なくその場にしゃがみ込んでしまった。

真優達と話し合う上で最大の問題が、弥登との連絡をどう取るかだった。

今から直接弥登と接触して脱獄させる上での合意を形成するのは至難の業だった。

ならばどうすればいいか。

ごく簡単な話で、脱獄の合意を形成できている人間を一人、敢えて食防隊に逮捕させ、農場内部に送り込めばいいのだ。

そして送り込む人間の条件は、弥登と親しい間柄で、ＮＦＰの環境に堪えうる肉体と精神を持っている、弥登と同性の人間。

この条件に合致するのは明香音以外にいない。

真優と古閑に根回しをすれば、箱根に収容されるところまではなんとかなるだろう。

外部と連絡を取る手段や暗号、スケジュールなどを明香音と決めておき、ニッシンと真優達は最終的に弥登と明香音の二人を救出すれば、最初の大目的である弥登の脱獄は成立する。

だが当然ながら、明香音をＮＦＰに送り込んだからと言ってすぐに脱獄計画を発動できるわけではない。

ＮＦＰは実質アディクターの刑務所であり、収容に当たっては厳密かつ侮辱的な身体検査を受けなければならない。

しかも収容されたからといってすぐに弥登と接触できるわけではないし、接触できてもすぐに詳細な打ち合わせができるわけでもない。

収容されている間はＮＦＰの厳しい労役に従事しなければならない。

そうなれば美都璃が今言ったように、どこに死の落とし穴があるかも分からないのだ。

イーストウォーターには、明香音の力が絶対に必要だし、美都璃もイーストウォーターの子供達も、明香音のことを心から愛している。

弥登を助けたいのは、言ってしまえばニッシンと真優達の個人的な都合でしかないのだ。

そんなことに明香音を巻き込めないという自責の念もあった。

「……美都璃は、いいのかよ」

だからこそ言い出せなかったニッシンの問いに、美都璃はそっけなく言った。

「いいワケないでしょ。私が進んで明香音ちゃんを危険な場所に行かせたいなんて、考えると思う？」

「お……」

「でも、明香音ちゃんがそれを望んでる。弥登さんを……友達を、横須賀の恩人を助けたいって思ってる。だったら私は、明香音ちゃんの思う通りにさせてあげたい」

「美都璃……」

「いつもいつも、明香音ちゃんは私達のために、何としても食べ物を手に入れたいって心から思ってる。だから、私は松葉ガニに乗る明香音ちゃんを送り出してる。でも、いつも私が代われたらって、明香音ちゃんを送り出す度に思うわ」

美都璃は悔し気に呟くと、ニッシンのヤドカリの冷たい脚部装甲に手を触れた。

「ニッシン。ちょっと、いいかしら」

そして、美都璃の迫力に気圧《けお》されて降りてきたニッシンが開けっ放しだったヤドカリのコックピットに自分で駆け上がった。

「お、おい、美都璃」

「ニッシンにイライラしてる今なら、行ける気がするの」

美都璃はそう言うと、たどたどしい手つきでヤドカリのコックピットをいじり、ハッチを下ろした。

ニッシンは慌てて駆け上がると、外から何かを操作するよりも早く、ハッチが再び開いた。

「おい美都璃！　大丈夫か！」

「………ハァ……ハァ……ッ！　つぐ、だ、だいじょう、ぶ……」

一瞬ハッチを閉めただけの美都璃は何故か次にハッチが開いたときには目を見開いて顔面蒼《そう》

白《はく》で、顔中に冷や汗を浮かべていた。

駆け上がったときの身軽さはどこかに失せ、ニッシンの手を借りてよたよたと地面に降りると、その場にへたり込んでしまう。

「無茶すんな！　そんなことでなんとかなるようなら、とっくになんとかなってる！」

「……だって……うう……っ、本心では、行かせたくないんだもの……なら……ワガママ言う分……おえっ」

美都璃は言い切ることができずに、喉を鳴らして咳《せき》込み、ニッシンはその背を落ち着くまでさする。

「……ヒュムテックに、乗れたら……私が行くって、言えたのに、な……」

ようやく呼吸を落ち着けた美都璃は、悔し気に言った。

「無茶だ。食防隊に捕まったら、それこそどんな形で拘束されるか分からない。美都璃じゃ、農場に着くまで耐えられない」

「でも！　私は明香音ちゃんより強いわ！」

美都璃が明香音よりも白兵戦能力に長《た》けているのは事実だった。

特に拳銃や小銃の扱いは横須賀でもトップクラスで、ニッシンはどんな状況であろうとも、銃を持った美都璃に勝つことは不可能だという自覚があった。

「……きっと、弥登さんよりも……」

「ああ」

ニッシンは背をさすりながら言った。

弥登が横須賀で、拳銃を持った相手を木の棒一本で制圧したことがあったが、美都璃が相手なら軍配は美都璃に上がったはずだ。

それでも美都璃がニッシンや明香音のようにアディクターの最前線に出ることがないのは、ヒュムテックに搭乗できないという、現代アディクターとしてはかなり致命的な体質を抱えているせいだった。

先天的なのか後天的なのか、ニッシンは知らない。

だがそれでも美都璃が重篤な閉所恐怖症であり、センサー類とモニターで周囲の状況を判断する密閉されたコックピットに身を置いていられないことは知っている。

ニッシンのヤドカリのように、ハッチ上部が完全に開けば問題ないのだが、そんな状態では危険な道路を走ることも、食防隊とのドンパチも不可能だ。

そしてイーストウォーターの持つヒュムテック、通称松葉ガニのハッチは、ヤドカリのような完全開閉式ではない。

戦闘ならばどんな敵も恐れない美都璃は唯一、自分自身の体質に打ち勝つことができないのだ。

「……そんな美都璃がイーストウォーターとガキどもを守ってくれるから、明香音は安心して仕事に出られるんだ」

「……そうよね。そう思うしか、ないのよね。だからニッシンを横取りしようとする泥棒猫を助けに行く明香音ちゃんを、止めることもできないのよね！　あーあ！」

「泥棒猫って、何の話だよ」

「私や明香音ちゃんが何も気付いていないと思わない方がいいわよ」

弥登のことを敢えて露悪的に痛罵した美都璃は、汗で額に張り付いた前髪を払うと、背中をさするニッシンの手を止めて立ち上がった。

「私、まだ気分が悪いから、ここで少し涼んでいくわ。ニッシンは私の機嫌がこれ以上悪くなる前に、明香音ちゃんのご機嫌を取ってきて！」

「……ああ。そうさせてもらうよ。悪いな」

「こういうときはありがとうって言うのよ。私にはともかく、明香音ちゃんや弥登さん相手に間違えても、助けてあげないからね」

「ああ。せいぜい気を付ける」

ニッシンは頷くと、ヤドカリのコックピットに飛び込みエンジンを唸らせる。

「ありがとな」

そして、寝静まりつつある横須賀の街を、大柄なヒュムテックを駆って駆け抜けていった。

美都璃はそれを見送りながら、つまらなそうに顔を歪めるとバイクのシートにもたれかかり、唸る。

「あーあ！　明香音ちゃんのばーか！　このままじゃ本当に、ニッシンのこと弥登さんに取られちゃうわよ！」

※

イーストウォーターは静かだった。子供達はもう眠ってしまっているのだろう。

ニッシンが玄関前でノックすると、待ち構えていたように明香音がドアを開いた。

「明香音……」

「ガキどももう寝ちゃってるから静かにね」

明香音は指を口の前に立てると、ニッシンを招き入れた。

慣れたイーストウォーターの食堂に通されたニッシンの前に出されたのは、お茶ではなくインスタントと思しきコーンスープだった。

「どうせ美都璃にもお説教されて、何も食べられてないんでしょ」

「あ、ああ」

そう言えば、美都璃から弁当箱を受け取っていたのだった。だが結局その場で第二の詰めが美都璃から始まってしまい、未《いま》だに夕食を食べられていなかった。

「いや、でも待ってくれ明香音、俺は……」

「もういいって」

「え？」

「顔に書いてある。美都璃に散々イビられたから、しょげて私に謝りにきたって」

「いや、お前その言い方……いや間違っちゃいないけど」

「私が言いたいことは全部美都璃に言われたんでしょ。だったらここで私がおかわりさせたらもうイヤミじゃん。それより建設的なこと話したいから、さっさと晩御飯すましちゃって。お腹減ってたら、前向きなことなんてできないから！　ほら食べて！」

「あ、ああ」

さらにずずいとスープの器を押し付けて来たので、ニッシンは観念して弁当箱を取り出して、スープに手を合わせた。

「……いただきます」

「はい、どーぞ。それ、こないだ根岸で買った奴だよ」

根岸。明香音が手に入れた取引の種で、その護衛についた夜、二人は食料国防隊員、矢坂弥登と出会ったのだ。

「んで？」

そのことを思い出させるためにあえてそう言ったであろう明香音は、ニッシンの向かいに座り言葉を促した。

「ん……」

ニッシンは焦らず握り飯を平らげて、スープを半分飲んでから、息を吐いて言った。

「人一人を外から脱獄させるのに、昔から使われてる方法がある。この間、箱根では話さなかった方法だ。事情を全て理解している仲間を一人、監獄に送り込むって方法だ」

「ん。この場合、適任者は誰？」

「……明香音、行ってくれるか」

「遅いっ！」

「あでっ」

明香音のデコピンがニッシンに炸裂《さくれつ》する。

「箱根でその提案ができてたら、真優や古閑と話し合う時間があったかもしれないのに、時間無駄にしたじゃん」

「仕方ないだろ、だって……」

美都璃に言ったことと同じことを言い訳しようとするニッシンだが、明香音は聞えよがしの溜め息とともにそれを遮った。

「分かってるよ、ニッシンがイーストウォーターや美都璃達のことを考えてくれたことはね。でも、そこはとりあえず言うだけ言っておくとこでしょ。何言ったって箱根ですぐに実行するわけじゃなかったんだからさ」

「できれば松下と古閑に聞かせる前に、自分だけで検討したかったんだよ。イーストウォーターのこと以外にも、すぐ言い出せなかった理由があるんだ」

ニッシンはスープを飲み干すと、眉根を寄せて俯《うつむ》く。

「基本的に、脱獄ってのは関わる人間が増えれば増えるほど失敗率が増すんだ。一人逃がすより二人逃がす方が大変なのは感覚で分かるだろ。脱獄のあらゆるステップで、単純に対処すべき事案が一人分増えるんだからな」

「まあね」

「それに、仲間を送り込んで二人とも逃げられればそりゃ一番いいさ。最悪なのは、どっちかしか逃げられなくなったときだ」

「どっちか、って……」

「統計があるわけじゃない。だが、誰かを脱獄させるために監獄に送り込まれた者が一緒に脱獄できたケースは、単純な脱獄よりも少ないんだ」

これには様々な理由と要因がある。

基本的に、外にいる人間が脱獄させたい囚人は、その組織や裏社会において政治的・経済的に重要な人物であるケースがほとんどだ。

そして今回の場合、弥登脱獄計画に関わるメンバーにとって、弥登と明香音とどちらがより大事な人間なのか、いざというとき、どちらが切り捨てるべき人間なのかを問われる場面が来ないとも限らない。

「その場合、松下と古閑は躊躇いなく明香音を切る。あいつらは弥登さえ助けだせりゃいいわけだからな」

「ん～、確かにそれはありそう。なるほど。ニッシンは半端にヒヨったわけじゃなかったってことか。ごめんごめん」

そう言うと明香音はニッシンの額を突然撫《な》で始めた。先ほどのデコピンを取り消しているつもりだろうか。

「でも、もし何かのトラブルで弥登は出れるけど私が出らんないみたいなことがあってさ、多分今度は、弥登が助けてくれるっしょ」

「いや、それはそうかもしれないが、それじゃ脱獄させループだし、一度脱獄に成功したルートは二度と使えないと思わないと……」

「どうせ百パーセント成功する方法なんか無いんだから、失敗にビビるのだって無駄でしょうが！　それより思いついた中でどれが一番百に近いかを考えた方がよっぽど建設的！」

「……それは……今のところ、明香音が潜入するのが、一番です」

「ヨシ！　そんじゃ問題の洗い出しをして一度真優達と打ち合わせだね！　……何、まだなんかあんの!?」

「いや、美都璃に怒られて明香音にも怒られて……そんでもし無事に弥登を助け出せたとして、今度は弥登にも怒られそうな気がしてきた」

「自業自得。ちょっとニッシン、ビビりが過ぎない？　箱根でもろくにお土産も買ってなかったし、ちょっと甘いものでも食べる？」

「い、いやいいって」

「いーから！　ちょっと待ってて。私達が箱根に行ってる間に美都璃が李爺さんとこで手に入れたものがあるんだ」

そう言って明香音がキッチンから取り出したのは、横長のボール紙の箱だった。

「何だ？　ドーナツ？　珍しいな」

飾り気のない箱だが中に入っているドーナツは食べ応えのありそうな大きさだ。

箱の中のドーナツは個包装されていないが、手に取るとまだ柔らかさが残っており、変に湿《し》気《け》たり乾いたりはしていない。

現代日本において、適法違法問わずスイーツは非常に高価だ。

適法なものは製品も原材料も保存期間が絶望的に短いため製造できる場所が限られており、流通もほとんどしない。

違法なものはと言えば、そもそも腹を満たせないアディクター達が好き好んで腹に溜まらず栄養も偏るスイーツを優先する理由が無く、従って需要も無い。

稀に海外からチョコレートやビスケットの類が輸入されることがあるが、日本国内のアディクターが好んで製造すること自体が珍しい。

「おいおい、高かったんじゃないのか。これこそいいのかよ。ガキどもに取っておかなくて。俺が食っちまったら足りなくならないか」

箱の中に残りは五つ。箱の隙間の様子から、恐らく美都璃と明香音が一つずつ食べたと思われるが、イーストウォーターの子供はツバサを含めて六人いるのだ。

「いや、それがね。美都璃が言うには、折角買ったはいいけどちょっと嫌な感じがして、子供達にはまだ食べさせたくないんだって」

「は？　何だよ嫌な感じって」

「毒とかじゃないよ。美都璃は今んとこ体調不良とか起こしてないしね。ただ『私達が扱う商品』として、嫌な感じがするんだ。ただ、私も美都璃もその違和感の正体が摑めなかった。だからニッシンに食べてもらって、どんな小さなことでもいいから気付いたことがあったら教えてほしいんだ」

「何だよそれ。二人が分からなかったことが俺に分かるかな」

ニッシンは自信無さげにドーナツを見つめる。

「李爺さんが問題ないと思って仕入れて売ってたんだし、私も美都璃も何がおかしいって言えなかったから、何もなければいいんだよ。ニッシンが何もないって言うなら私達が気にしすぎだったってことなんだから」

「何だかここにきてはっきりしないことばっかだな。それじゃあ……」

ニッシンは意を決してドーナツを口に入れた。

かなりしっかりした歯ごたえと、すっきりした甘さと冷えた油の雑味。

それほどドーナツに詳しいわけではないが、一口食べたところ、特に違和感はない。

「……これ、砂糖の甘さじゃないな。人工甘味料か？」

二口で半分食べてから、所感を口にする。

「多分ね。美都璃が言ってたけど、ここんとこ人工甘味料が結構出回ってるみたい。ニッシンには言わなかったけど、実は弥登がニッシンのキッチンを手伝ったとき、人工甘味料を抱えてきた客がいてさ」

横須賀を出る仕事が無いときのニッシンは、仕入れた食材を使ってテイクアウト専門の料理店を営んでいる。

大抵は汁物に毛の生えたようなものをドンブリ一杯いくらで売るのだが、弥登が横須賀にいる間、何度か仕事を手伝わせたのだ。

明香音が言うにはその際に、横須賀に流れてきて日が浅い女が袋いっぱいの人工甘味料を天然の砂糖だと偽って取引をしようとしたため、追い返したことがあったらしい。

「ほー、そんなに出回ってんのか」

ニッシンは聞くともなしに聞きながら、残りの半分も軽く食べてしまった。

とりあえず、味に違和感はない。個包装されていないせいかややパサついてはいたが、ニッシンの感覚では許容範囲だ。

美都璃がいくらで買ったのか知らないが、イーストウォーターの日頃の台所事情を考えればそこまで高額ではなかったのだろう。

「特に、問題は無い気はするがな」

「そう？　ならいいのかな。あれだったらもう一個食べてよ。四つ残して私や美都璃と一緒に半分こさせれば子供達は納得するしさ」

「だったら明香音と美都璃でもう一つ半分こしろよ。お前達が買ったんだから俺が二個食うのは気が咎める」

「んー。でも夜食べると太るからなー」

「人工甘味料って、砂糖に比べて太りにくいってのがウリじゃなかったか？」

「いくら砂糖よりカロリーが低いって言ったって、油と小麦使ってることに変わりはないじゃん。逆の意味で焼け石に水でしょ」

「まぁそりゃそう……か……ん？」

食べている最中には一切抱かなかった違和感を、ニッシンはこのとき初めて覚えた。

本当に微かな違和感。事前に美都璃と明香音が違和感を抱いたという話を聞かなければ、スルーしてしまっていただろう。

「ニッシン？　どしたん？」

黙り込んでしまったニッシンを見て、明香音は眉を顰めた。

「いや、何だ？　味？　味じゃない……味だけじゃない、何だ？　何が気になった？」

ニッシンは箱の中に残ったドーナツを見る。個包装されていない茶色いドーナツが五個残っている。特に何の匂いもしない。

「美都璃には悪いけど、やっぱり俺と明香音でもう一個、半分にしていいか？」

「え、あ、うん。いいけど」

明香音も、ニッシンが何かの違和感を覚えたことに気付いたのか、素直に頷きドーナツを差し出す。

ニッシンはそれを受け取ると半分に割った片方を明香音に返し、自分の手にある半分を凝視した。

断面に違和感はなく、手についた人工甘味料の粉末にも油にも違和感はない。

そのことがおかしいことに気付けたのは、ニッシン自身が客に料理を食べさせる商売をしているからだったのだろう。

「李爺さんは、このドーナツをどっから手に入れたんだ？」

「ん？　どういうこと？」

「美都璃が買ったのが二日前。当然だけど李爺さんとこにはその前からあった。それで個包装はされていない。その割にこのドーナツ、ちゃんとしてる」

ドーナツは成形の過程で油で揚げるため、どうしても油の分カロリーが高くなり、油の劣化とともに味も落ちる。

その上、吸湿剤も無ければ個包装もされていないドーナツだ。人工甘味料や保存料をふんだんに使ったところで、美味しく食べられる期間はたかが知れているはずだ。

だがこのドーナツは少し油の冷えた味がするだけで、きちんと美味しさを感じられる。

「これ、国内で作られたもんじゃないか？」

「マジでか」

明香音の顔が険しくなる。

違法な食品が国内で作られること自体は珍しくない。だが、人工甘味料をこれほどふんだんに使ったドーナツが劣化せずに横須賀に到達しているという事実は、無視できなかった。

中華系アディクターである李は主に海外からの密輸入品を売りさばくブローカーだ。

その商品は海を越えて密輸入される以上、日本にやってくるまで相応の時間がかかるし、その間に腐ったりカビが生えたり虫に食われたりなどの要因で悪くなってしまうと売り手も買い手も損する。そのため出荷された国の基準に照らし合わせてパッケージングがきちんとされている食品が圧倒的に多い。

だがこのドーナツは個包装されておらず、それでいてどれも悪くなっていない。最初に消えた二つも美都璃と明香音が躊躇わずに口にした以上、綺麗な外見で味に異常が無かったのは間違いないだろう。

ニッシンの感覚でしかないが、このドーナツは製造されて一週間前後しか経っていない。

「李爺さん、何も気付かなかったのか？」

「分かんない。買ったのは美都璃だから。でも、それだったんだね。嫌な感じは」

食べ物としてのドーナツに問題があるわけではない。

この違法食品が、横須賀のアディクター達が知らない場所で製造され、横須賀の勢力圏内で流通しているという事実が問題なのだ。

横須賀シンジケートのシマが荒らされた、というような単純な話ではない。

ただでさえ殲滅作戦が企図されるほど中央政府から睨まれている三浦半島である。

弥登の逮捕と弥登の父である矢坂次官の更迭で作戦そのものが消滅したが、もしシンジケートが管理しきれない場所で何者かが広く違法食品を流通させていた場合、三浦半島のアディクターの仕業にされてはかなわない。

「クソ、今日はもうシンジケートのおやっさん達には会いたくなかったのに」

「でもこれは報告がいるでしょ。李爺さんが気付いてないならなおさらね。美都璃も拾って、もう一度このドーナツを買ったときのことを李爺さんの話と照らし合わせないと……あれ？」

そのときだった。明香音の通信端末に発信元非通知の音声通信が着信する。

「誰？」

『月井明香音か？　俺だ、古閑だ』

通信相手は意外な人物だった。

「何？　こっちはまだ新しい作戦、煮詰められてないんだけど。それによほど緊急じゃないならそっちから連絡しないって話じゃなかったっけ」

『その緊急事態が発生したから連絡したんだ。隊長の件に悪影響が出そうな事態が発生したから緊急で連絡した。後で新島にも連絡してほしい』

「分かった。今ニッシンも一緒にいる。スピーカーモードにしたから話していいよ。ニッシン。古閑から」

「古閑？　一体どうした」

『ああ。手短に聞くが、お前ら、魔法のリングに関わってないだろうな』

「魔法のリング？　何だそりゃ」

『知らないのか、横浜シェルターの若年層を中心に広がってる人工甘味料を使ったドーナツだ。連日ニュースでやってるんだぞ』

ニッシンと明香音は、思わず顔を見合わせた。

その空気を敏感に察したのか、古閑は重ねて尋ねる。

『知ってるのか。まさかお前ら……』

「いや、そうじゃない。だが、多分お前が言ってるものが手元にある。横須賀でも流通し始めてるんだ。詳細の確認はこれからだが、少なくとも横須賀じゃ作ってないし多分作れない」

『本当だろうな』

「そこは信じろ。人工甘味料を作るプラントなんか横須賀には無いし、保存が利かないのに材料費がかかるドーナツなんか、アディクターが商売道具にするもんじゃない」

『……分かった。とりあえず信じる。うっかりお前らを逮捕するようなことになったらもう、隊長を助けるどころじゃなくなっちまうからな』

「何があったんだ。このドーナツ、そんなにあちこちに流通してんのか」

『流通してるなんてもんじゃない。今日、そいつの製造プラントが見つかって、謹慎中だった鎌倉署の警備三課にも応援の要請がかかってんだ。松下さんは今、プラントが見つかった戸塚にいる』

「戸塚にドーナツのプラント？　横浜シェルターのお膝元じゃないか」

『ああ。そのせいで今南関東州の旧神奈川県エリアは厳戒態勢だ。どうせお前ら三浦半島のアディクターの仕業だろうってんで、中央や南関東州本部から部隊が派遣されて、俺達が作ってた金沢の警戒ラインを復活させようとしてるって噂まである。お前ら、しばらく三浦半島から出ない方が身のためだぜ』

「おいおい待てよ。それじゃあ弥登の救出は……」

『とてもじゃないがそれどころじゃなくなっちまった。少なくとも向こう一、二週間は俺達の自由が利かないと思う。お前らもその間、大人しくして、全部落ち着いたときのために完璧な作戦でも立てておけ。それじゃあな。警告はしたぜ』

「おい、ちょっと待て！　もう少し話を……！」

ニッシンはもっと話を引き出そうとするが、古閑は早口にそう言うと一方的に通信を切ってしまった。

「何だか変なことになってきたね」

「松下と古閑が動けなきゃ、俺達だけで動いたって仕方ない。とりあえず今は、やれることをやろう。美都璃を拾って、シンジケートに連絡を取らなきゃな」

既に夜の十時を回っている。横須賀は夜眠る町だが、食防隊が血眼になって探しているものが李大人の商圏に入ってきている事実は、一秒でも早くシンジケートに共有すべきことだ。

魔法のリングなる呼称をニッシンは知らなかったが、古閑の口ぶりからして食防隊では歴史の長い案件のようだ。

およそ弥登の救出に繋がりそうにない事態にげんなりするが、これ以上明香音の前で弱音を吐いたら今度は二人がかりで袋叩《ふくろだた》きにされかねない。

ニッシンはグッと言葉を呑み込むと、ヒュムテックの起動キーを握りしめながら、今頃イーストウォーターへの帰途についているであろう美都璃と合流するため、再びヤドカリに飛び乗ったのだった。

※

「しかし参りましたね。都市圏のお膝元にまで、こんな大規模なアディクター組織が根を張っていたとは」

「……ええ、正直、信じがたいことではあります」

久しぶりに袖を通すヒュムテック隊制式スーツの襟が、今日はやけに首筋に引っかかる気がする。

真優は姿勢を正しながら、目の前の男の幅広い背中を見て気を引き締めた。

東京特別区食料国防隊本部長、佐東延太郎。

弥登の父、矢坂重臣《しげおみ》元が弥登の引き起こした事件で引責辞任をした後、食料国防庁の事務次官の席は空席になっていた。

今は矢坂次官時代の次官補が緊急で次官代理となっているが、矢坂体制を刷新する意味も含め『次』は今の次官補ではなくこの佐東であると噂されている。

現状では南関東州の管轄である魔法のリング案件を、今はまだ東京特別区本部長でしかない佐東が視察にきていて、それに対して南関東州本部の人間が誰も文句を言わないことからも、既に南関東州本部長は佐東の下に付いたのだろう。

署全体が南関東州本部内では鼻つまみ者状態の鎌倉署の人員を応援に寄越させたのも、この佐東だという話だった。

それでも、まさかその注目の人間の現地護衛役に抜擢されるとは思わなかったが。

「松下隊員。鎌倉署で、魔法のリングを摘発したことはあるんでしょうか」

「申し訳ありません。警備三課は対アディクターの強行戦闘が主要任務でしたので、署全体の事件を把握しておらず……ですが私が着任して二年、警備三課で扱ったことはありません」

「そうでしたか。まぁそう上手くは行きませんよね」

「上手くいく、とは……?」

「ああ、失礼、深い意味はないんです。魔法のリングが東京と南関東州の広域捜査対象になったのは知ってますか?」

「いえ、正式には知らされておりません」

「なったんですよ。それでね、私が事件の総責任者になったんですけど、捜査管内の全所轄署にある魔法のリング案件を全部洗い出さなきゃいけないんですよ。で、今回色んな所轄署から応援に来てもらってるんで、はっきり『扱ったことがない』って証言取れれば、その署の事件はチェックしなくて済むわけでしょ?」

「は、はあ……」

「ただまぁ、当たり前っちゃ当たり前ですけど一人で署の事件全部把握してる人なんていないんですよね。結局全部の署を洗い直さなきゃならないからめん……大変だなぁって」

面倒くさい、と言ってしまうと食料安全維持法的にも行政のトップ的にもマズいと思ったのか、わざとらしく言い直してから、振り向いて真優に手を合わせる。

「ここだけの話です。聞かなかったことにしてくださいね」

マスコミでもこの場にいればあっという間に炎上する発言かもしれないが、真優の立場で雲上人の佐東にとやかく言う理由がない。

大きな体とこの愛嬌《あいきょう》があれば、佐東と敵対しようという人間は多くはあるまい。

「では、昇給をお願いしても？」

「手厳しい。これは炎上不可避ですねぇ」

そんなことを言いながら、佐東はドーナツ製造プラントを先に進んでゆく。

特にアディクターが警備していたわけでも、武装アディクターが潜んでいたわけでもない違法食品製造プラント。いや、プラントとは言うが、現場に周知された話では、揚げ物用のフライヤーが一つとドーナツ成型用の調理台があるだけの、単なるキッチンだ。

その一番奥に、ここに集まっていたアディクター達が無抵抗で拘束されているという。

佐東は真優を連れて、その部屋に向かっているようだ。

かつては小さな食堂かなにかだったと思しき建物。その一番奥の机と椅子があるだけの会議室のようなスペースにいたのは……。

「……彼らが、ここの？」

「そのようですね。全く嘆かわしいことです」

少年少女と呼ぶしかない年代ばかりが、十人。

「アディクター、なのですか？　この子達が……」

「他に何だと言うんです？」

真優の問いに、佐東は何てことのないように肩を竦める。

「嘆かわしいことです。どんな時代のどんな法律も、少年犯罪をゼロにすることはできない。魔法のリングに関わるアディクターの大半が十代の少年少女です」

そして、真剣に悲しそうな目で、膝を突き後ろ手に手錠を掛けられている少年達を見回した。

「『痩せる』というワードが最も危険なんだそうです」

「は？」

「古くから若者を違法薬物に導く最初のフックとなるキーワードは『痩せる』です。苦労せずに痩せたいという無知で怠惰な願いが若者を違法な品に引き寄せる。魔法のリングも根本はそこにあります。『沢山食べても太りにくいドーナツ』。そんなもの、あるはずがないのに」

最早アディクターとなった少年少女を見回す佐東の声には、

「その代償は、とても重い。でもその重さを知ったときには、もう遅い」

同情や憐憫《れんびん》といった類の感情は一切存在しなかった。

「ですがまぁ、これでまた農場の働き手が増える。日本全体にとっては、犯罪者が減り人々にいきわたる食料が増えて、良いことづくめってことなんでしょう。行きましょうか、松下隊員」

「は、はい……」

一体何のためにわざわざ容疑者達の顔を見に来たのか。少年達の様子を一瞥《いちべつ》しただけで去ろうとする佐東を追って部屋を出ようとした真優の背に、悲痛な声が届いた。

「違うんだ……大丈夫だって言われたんだ……」

「え……？」

「割の良いバイトだって……ちゃんと、国や州の仕事だから安心だって……！」

「い、一体何を……」

「違うんです！　俺達、言われたから作ってただけで、ほ、本当に、違法だったなんて、だって、俺……！」

真優が耳を傾ける仕草をしてしまったからだろうか。狼狽《ろうばい》した声で立ち上がろうとした少年を、

「大人しくしろ!!」

「ぐっ！」

見張りの隊員がライフルの銃床で殴りつけ、床に這いつくばらせその背を踏みつける。

「犯罪者はみんなそう言うんです。食料安全維持法の現行犯逮捕。言い逃れはできません。行きますよ、松下隊員。ダメですよ、耳を貸しては」

「は、はあ……」

「……何で……違うんだ。だって、アイツ……最初、本当に、食防隊のし……」

そのときだった。

真優の目の前で銃声が響き、気が付くと少年は物言わぬ骸となっていた。

「さ、佐東、本部長……⁉」

「食安法違反の現行犯ですし、一人くらいはいいですよ。こうすれば、他のメンバーも自分がどのような立場に置かれたか、よく分かるでしょうから」

その拳銃は、大柄な佐東の手の中ではまるでおもちゃのようにみえた。

そんなもので今、十代の少年の命が消えた。

そのことに、この場の食料国防隊員は誰一人動揺した気配はなかった。

生き残った残りの少年達は真っ青な顔で、先程まで生きていた仲間を見て、がたがたと震えていた。

それならば真優も、今この場であるべき姿を保たねばならない。

真優は感情を殺し、それ以上は死んだ少年に一瞥もくれずに佐東の後を追った。

「おい、どうしたんだよ松下さん！」

「何でもないです！　さっさとこんなとこから離れましょう」

現場内での佐東の護衛の任務を終えた真優は、足早に現場を後にするとヒュムテックに飛び乗り古関を待たずに発進させた。

「おいおい！」

古関も慌ててヒュムテックを動かして真優の後を追う。

戸塚から鎌倉までの道は鎌倉から横須賀に向かう道よりはマシな路面ではあるが、戦後ろくに整備されていないため荒れていることには変わりない。

真優はダンマリなまま、戸塚から三十分ヒュムテックを走らせ、かつての国道一号から四六七号に入り、まっすぐ江ノ島まで南進する。

「おいおい……署に帰るんじゃなかったのか？」

「こんな気分で真っ直ぐ帰る気になれますかって。少し気分を晴らしたっていいでしょ」

戦前は首都近郊の一大行楽地として栄えた片瀬江ノ島も、戦争で砂浜は見るも無残に破壊され、三十年経った今も海水浴場として復活する兆《きざ》しはない。

かつては日本で最も有名な水族館の一つだったという廃墟《はいきょ》のそばに適当にヒュムテックを停め、そのハッチの上で灰色の海を眺める。

「昨日の夜、月井と新島から連絡があったぞ。農場に潜入する方法、相談したいって」

「あの人達、何歳なんですかね」

「は？　何だよいきなり」

「月井さんと新島さんの年齢ですよ。新島さんは二十歳過ぎてるっぽいですけど、月井さんはあれ多分、まだ十代ですよね」

「あー、まぁ聞いちゃいないけど、月井は見た感じ十七、八とかじゃないか？」

「……だとしたら、十五、かな」

「え？」

真優の脳裏から、佐東に殺された少年の悲鳴が消えない。

真優だってアディクターを殺害したことがあるし、そのことを悔やんだことなど一度も無い。

それなのに、何故。

「……月井さん達には、何て返事したんです？」

「面倒な事件が広域で起こってるから、しばらく連絡は控えるようにって。あいつらだってアディクターだし、どこであのドーナツに関わってるか分からないだろ。警戒が強くなってあいつらが捕まるのも困るし、こっちから連絡するからそれまで大人しくしてろって……ちょっと？　松下さん？　おーい。誰に連絡してんの？」

古閑の話を最後まで聞かず、自分のプライベート端末を取り出してニッシンをコールした。

「どーも新島さん、突然ですけど今夜、会えません？　できれば二人きりで。ええ、月井さんには聞かせられない話をしたいなって」

「ちょっと？　松下さん？」

通話の向こうでは、恐らく明香音がニッシンのそばにいて通話を聞いていたのだろう。わざとらしい言い方をする真優に文句を言う明香音の声が聞こえてくる。

そんな騒がしいアディクター二人の様子に、真優はほんの少しだけ、ざわついた心が落ち着くのを感じた。

今、心が落ち着いているということはつまり、今の今までざわついていたということ。

たかがアディクターが一人目の前で死んだだけ。たったそれだけのことで、食料国防隊員たる自分の心がざわめき、得体のしれない決まりの悪さに叫び出したくなる。

『……いいから明香音はちょっと黙ってろって！　悪い。それで、何だって？　古閑は一緒じゃないのか』

「ええ。置いていきます。そっちも月井さん抜きでお願いします。場所はお任せしますよ。横須賀がいいならこっちから出向きます」

『一応聞くが、どういう風の吹き回しだ？』

「隊長や月井さんと違って、あなたとどうこうなりたいみたいなことはないのでご安心を」

『フザけてんなら切るぞ』

「実はうっすらなんですが、農場の中の隊長とコンタクトを取る方法を思いついたんです。古閑さんから聞いたかもしれませんけど、今日魔法のリングの事件で駆り出されまして。ええ。そこでね。そこで……十五、六の子供が、まぁ、処理されたんです。何かね。それ見て、ガラにもなく……イヤだなって」

『……松下？』

「ええ、違法食品に手ぇ出すバカなんか死んだほうがマシだと普段から思ってたんですけどね。なんていうか、こう、実際目の前でそうなると、意外とクるなと。あの子、そんな悪いことしたのかなって……あんな……あんな……」

問答無用で額を撃ち抜かれるほどの。

「あんなね……あんなの、やっぱダメだなって。私もアディクターに冷酷なヒュムテック隊ですけど、あれはやれないなって」

『松下……大丈夫か？』

「ええ、大丈夫。大丈夫です。それ見て、自分の目的のために他人を利用するヒントを思いついちゃうくらいには、大丈夫です。ええ。ホント。あのね、あのね新島さん」

『ああ』

「魔法のリングで摘発されてる『アディクター』って、大体が十代の若者なんです。それでなんですけどね」

真優は、言った。必死に。いつも通りに。

「月井さん、逮捕させてもらえません？　今、箱根に送り込んで、隊長と連絡取れる確率が高い時期なんです。脱獄計画進めやすくなります」

滅茶苦茶《めちゃくちゃ》なことを言っていると、自分でも理解している。

だが、明香音を魔法のリング関連容疑で逮捕すれば、他のアディクターに紛れて怪しまれず、しかも確実に箱根の農場に送り込める。

明香音を単体で逮捕してしまうと背後関係を調べられて明香音が独立した実績のあるアディクターだとバレて遠くの農場に回されてしまうかもしれない。

だが魔法のリング関連で大勢の若年アディクターが逮捕されている今なら初犯、従犯、未成年の『弱卒集団』に紛れて、一時的にでも最寄りの箱根ＮＦＰに纏めて送り込まれる確率が高い。

もちろんこれは真優側の理屈でしかなく、アディクター側にしてみれば受け入れがたいだろうと真優でも想像がつく。

ニッシンがそんなことは許さないだろうし、何より明香音本人が承服しなければどうにもならない。

だからこそとことん冷静に理詰めで説得しようと身構えた真優の耳に飛び込んできたのは、信じがたい返事だった。

『……偶然だな。実はこっちもその提案をしようと丁度思ってたところだ』

「……はい……はい!? え? マジで?」

『マジだ。明香音もそのつもりでいる。俺達じゃ分からんことが多かったから、そっちがそのつもりなら話が早いから古閑も連れて来いよ。どこで会う?』

「あ、その、えっと……それじゃあ」

予想の百倍スムーズに進む話に一瞬面食《めんく》らう真優の脳裏に、最適な会合の場所として浮かぶ光景があった。

「鳳凰軒、でしたっけ」

『何だ、横須賀に来るのか? こっちはいいが、あそこにお前らが食えそうなもんなんか置いてないぞ』

「いいんですよ」

真優は自嘲気味に笑い、傍らで戸惑った様子を見せる古閑の顔を見てから言った。

「ちょっと今日は、ジャンクなもの食べたい気分なんで」

真優と古閑が、ボロボロの私服にフード付き外套《がいとう》といういつもの姿でグレーチングストリートにある中華料理屋鳳凰軒を訪れたのは、その日の深夜になってからだった。

薄暗いコンクリート造りの雑居ビル二階にある鳳凰軒の椅子に真優が腰かけるのは、初めてのことだった。

「すいませんね。署に必要な資料を取りに行ったら、遅くなっちゃって」

「それは構わんが、大丈夫なのかよ。古閑から聞いたぞ。面倒なタイミングだって」

「面倒ですけど、これでも石橋を叩いても渡らない性格で。むしろ」

真優は不敵な笑みを浮かべながら、店内をぐるりと見回す。

「こっちの方が、大丈夫なんですか？　怖い人達、沢山いますけど」

真優と古閑を鳳凰軒で待っていたのは、ニッシンだけではなかった。

厨房《ちゅうぼう》の入り口からは鳳凰軒の主人である端木が睨みを利かせ、明香音のパートナーである美都璃と、魔法のドーナツをイーストウォーターに販売した李大人が、鋭い目つきで真優と古閑を睨みつけている。

「そりゃな。事によったら弥登と引き換えに明香音を売ろうとしてると思われたっておかしくない話だ。しかも例のドーナツ絡《がら》みとくりゃ、俺としても横須賀で今後生きていくためには、通すべきスジは通さなきゃならん」

「なるほど。ところで肝心の月井さんは？」

「イーストウォーターの子供達はもう寝てる時間なので、明香音ちゃんには私が留守番をお願いしました。あなた方の話は、私が聞きます」

美都璃の声色を聞いた古閑はびくりと身を竦ませ、真優も普段の人を食ったような態度が鳴りを潜めた。

元々美都璃は、真優と古閑にどちらかと言えば好意的に接していた方だった。

二人が初めてニッシンや明香音と行動を共にしたときには、二人の分の弁当まで用意してくれたほどだ。

だが、今日の美都璃が二人を見る目は、完全に敵を見る目だった。

「どんなお話をするのか知りませんが、明香音ちゃんと私の後ろには食安法に幸せな家庭と人生を奪われた子供達がいることをよく理解して、話をしてください」

「心しましょう……って言うか！」

真優は真剣な顔でニッシンに耳打ちする。

「……っ、月井さんは了承してるって話じゃなかったんですか!?　なんで布滝さんは、あんなにピリピリしてるんです!?」

「……俺や明香音が自分から言うならともかく、お前ら食防隊側から身柄を寄越せって言われるのはまた違う話ってことらしい……白兵戦なら俺や明香音よりずっと強い。本当、言葉を選んでくれ」

「いやどう言葉選んだって月井さんに負担かけまくるって内容は変わらないですよ!?」

「そこをどうにか……」

顔面蒼白の真優は美都璃にもう一度愛想笑《あいそわら》いするが、美都璃の氷の表情は変わらない。

ただでさえアウェーの食防隊二人である。

しかも話は、元食防隊員を助けるために明香音を農場に送り込もうという話だ。

だが適当に誤魔化せば計画に差し支えるし、詳細に話せばどこでどうシンジケートメンバーを刺激するか分からない。

「オススメっ‼」

と、そのときだった。

強張った顔で背筋を伸ばしていた古閑が、上ずった声で言った。

「ちょ、ちょっと古閑さん?」

「オススメ！　何か無いんすか？　この店の！　ほら！　お店入ったら、なんか注文しないと！　ね！　松下さん！」

「いや、でも……」

「資料集めで晩飯食ってないし、それにほら！　美味しいもん食べながらの方がいいアイデア、浮かぶ、でしょ？　ねっ……？」

「……うちの飯が、お前らの口に合うとは思えんがな」

「じゃ、じゃあ、一番人気のお願いしますよ。もしくは新島達がいつも頼むやつとか？」

まくし立てる古閑をしばし睨んだ端木は、剣呑《けんのん》な雰囲気は醸《かも》し出《だ》しつつも軽く鼻を鳴らすとキッチンに引っ込み、何かを調理し始める。

何となくそのまま沈黙が客席を支配し、真優も古閑も、そしてニッシンも居心地悪そうに黙り込んでいる。

「何だお前ら、黙り込んで」

十分ほど経って、端木が大皿を二つ手に持ち現れた。

ニッシンにはおなじみの肉串盛り合わせと、山盛りのチャーハン。

確かに普段ニッシンが明香音と食べるおなじみのメニューで、ニッシンも明香音も美味しくいただいているものだが、それでも使われている食材はほぼ全て食安法に違反するものだ。

端木は美都璃と李大人のテーブルにも同じような量のチャーハンと肉串の皿を出し、二人はごく自然にそれらを取り分け始める。

「……そ、それじゃいただきますか」

古閑はそれを見ながら、美都璃と同じように串を手に取り、取り皿にチャーハンを取り分ける。

「古閑さん、それ……大丈夫なんです？」

「多分ダメだろ。でも」

古閑は引きつった笑みで、それでも皿とレンゲを手に取り、既にチャーハンに取り掛かっている美都璃達を見た。

「人間が食えるもんだ」

そして、恐る恐るチャーハンを口に入れる。

鳳凰軒のチャーハンは、海外の油を使い海外の米を使い、中華系の化学調味料を使い。

「なんか……案外、美味い。何なら俺が食ったことのあるチャーハンの中で、一番美味い」

「え、ええ～」

古閑が食べるペースを見て、真優も恐る恐るチャーハンを取り皿に取り分け、レンゲに半分くらいのチャーハンを震えながら口に入れた。

「う、うん？　うん……あ、ああ、うん。ああ」

そして次の一口は、普通の量をためらうことなく口に入れた。

ニッシンは、自分もチャーハンを取り分け、串も一本手に取りながら尋ねる。

「どんなもんだ？」

「ええ、こういう味なんだぁ、って」

言われなくても、二人はこのチャーハンが化学調味料だらけであることを理解していたのだろう。

その上で、二人は取り皿で二皿分、チャーハンをスムーズに食べきった。

「ちなみになんですけど、こちらの肉、何なんです？」

「俺は法律には詳しくないが、理屈の上では食安法に適してる肉だ」

「はあ」

「でもその正体は知らない方がいいだろうな」

「えぇ……」

真優はそれでも恐る恐る肉串を手に取って、一口食べる。

「お、食えるか？」

「何ですかその反応は。そりゃまぁ、食べられますけども、私はどっちがいいかって言えばチャーハンの方がまだ……ん？」

ふと真優が振り向くと、美都璃が通信端末を真優と古閑に向けて構えていて、その表情は未だ険しいものではあるが、それでも冷たさはなくなっている。

「もし、明香音ちゃんに何かあったら……バラまきますからね。それじゃあ、お話どうぞ！」

美都璃からかすかに険が取れたことに気付いた真優は、勢いで料理を注文した古閑の横顔を見る。

ような気がした。
　同じ釜の飯、ではないが、今になってようやく、ニッシンが少し自分達に心を許してくれた
　もちろんそれは真優の感覚であり、横須賀側からすれば食防隊の自分達が違法食材を食べる
映像か画像を人質に取ったから少しだけ安心、程度のことだろう。
　だがそれでも真優一人ではこの発想は決して出てこなかっただろうことから、真優は、
「え？　松下さん何？」
「いえ。多分私、この警備三課に配属されてから初めて、古閑さんと組んで良かったな、と」
「今初めて⁉」
　褒めたつもりなのに古閑は何故かショックを受けているようだ。
　だが真優としてもそれ以上褒める気は無いので、古閑の驚愕《きょうがく》の表情を捨て置き、食べ終わ
った串を適当に皿に置いて、美都璃と李大人達にも聞こえる声で、切り出した。
「まず初めに聞きたいんですが、皆さんの中で『スイジン』というアディクターの名前に聞き
覚えのあるかた、いらっしゃいますか？」

※

「スイジン？」

「そ。弥登は何か聞いたことある？」

「………」

「いえ全く。少なくとも鎌倉署に配属になってから、私が逮捕したアディクターの中にはいないと思います」

「だよね。シンジケートにも知ってる人いなくてさ。でも真優が言うにはある時期までの魔法のリング事件では、必ずと言っていいほどこの『スイジン』って奴が関わってるんだって」

「………おい」

「で、ある時期までというのは、いつまでのことなんです？」

「それが、弥登が逮捕される前までなんだよね」

「………なあ」

「ええ？　なんですかそれ！」

「私もちょっと強引だなとは思うんだ。ただ、そこからぱったりスイジンって言葉がなくなるらしいんだよね。他の要素。ドーナツとか甘味料とか若い人が多いってことはずっと一貫してるから、はっきり分かる違いってそれくらいなんだってさ」

「………聞けよ！」

「て、ことなんだけどさ」

「戸丸さんはどう思います？　戸丸さんも、私が逮捕されてから状況が変わったと言ってましたよね」

「その前にコイツ誰だよ!!」

　ここまで黙っていた戸丸を、この場合は褒めるべきだろう。

　何せ弥登と明香音がリラックスして話せているのも、この場所がＮＦＰの居住棟ではなく、あのログハウスなのだ。

　弥登と明香音が食堂で再会してから一週間後。水村の手引きで、戸丸の組織にとっては重要な場所であるあのログハウスで弥登と明香音は再会を喜び合っていた。

「水村！　お前何を言われるがままに入って間もねぇ奴引き込んでるんだ！」

「だ、だって矢坂が、この女引き込まないと俺達の存在バラすって言うから」

　食防隊の隊服を着ている人間が農場職員に喝破されて凹《へこ》んでいるという、極めて珍しい光景が展開されている。

「告げ口が怖くて言うこと聞かされるとかガキかお前は！　矢坂弥登！　お前も少しは自分の立場をわきまえろ！　上の許可も得ずに更に新入り増やす新入りがいるか！」

「大丈夫です。明香音さんは優秀なアディクターですから」

「テメェ元公務員だろうが！　下っ端が人事権無視していきなり隊員スカウトしてくるなんてことねぇだろうが！」

「公務員ならそうでしょうけど、犯罪組織なら有能な人材はすかさずスカウトすべきだと思うんですが」

ああ言えばこう言う弥登に戸丸はそのまま弥登を絞め殺しかねない勢いだ。

「あと、何でお前らずっとくっついてんだ！　ベタベタすんな離れろ！」

「それはちょっと私も思ってた。弥登、どうしたん？」

そして戸丸が言うように、弥登はずっと明香音の腕を取って寄り添っており、離れようとしないのだ。

そして、その問いに対する弥登の返事は極めて簡潔だった。

「こうしてると安心できるので」

「～～～！」

「もー、仕方ないなぁ、前から思ってたけど、弥登って結構甘えん坊さんだよね…………ニッシンにもこんな調子だったりしなかったよねぇ？」

「あ、離れた」

その瞬間、それまで明香音にべったりだった弥登がすっと、だが名残惜しそうにその体を離し、水村が思わず目を瞬かせた。

「で、でも、今の話は戸丸さんにとっても有用じゃないんですか？　外の状況が、私が逮捕された時期を境に変わってしまっているという話を補強する情報ですよ？　戸丸さん達も知りませんか？　『スイジン』なる名前のこと」

「…………」

戸丸は弥登の問いには答えず顔を顰めるばかり。

「あのー、戸丸さん。その新しい人に、ご飯出します？」

そこに空気を読んでか読まずか、弥登が見覚えのあるトレーだけを持った希美が変わらないテンションで現れて、

「勝手にしろ！」

戸丸は叫んでどこかに行ってしまう。

「あーあー。あんな大騒ぎしてる戸丸さん、初めて見ましたよ」

「話の持って行き方が悪かったかしら」

「分かってやってますよね？」

希美は少し呆れたように言うが、嘆息してからおもむろに言った。

「お二人の言う『スイジン』って、元締め隊員のことですか？」

「元締め隊員？　何それ」

「希美さん、『スイジン』が何かご存知なんですか？」

「直接その人と知り合いってわけじゃないですけど、私も私の仲間も、魔法のリングの仕事は『元締めとしてスイジンっていう名前の食防隊員がケツ持ってる』って聞かされてました」

「『食防隊員？』」

弥登と明香音は顔を見合わせる。

「ええ。魔法のリングを売りさばく仕事は、食防隊員がバックについてるから万が一逮捕されてもすぐに釈放されるから安心、って触れ込みだったんですよ。まぁ……そんなことなかったワケなんすけどね……」

希美は苦笑する。

「悪い奴らがガキをダマすための定型句ってヤツだったんでしょうね。そんな都合のいい人間なんかいなかったんですよ」

「でも、現実には全然違うベクトルで、普通じゃない組織はあったわけじゃん？　農場の中にアディクターが仕切る違法食品製造組織……なんか、無駄に複雑だよね」

「明香音さんも、そう思います？」

「そりゃそうだよ。私は作って売るのはやったことないけど、密売組織ってのは末端までの階層は多く、距離は近くが大原則なんだ」

「どういうことなんすか？　階層？」

希美が現役アディクターの持論に興味を抱いたのか、身を乗り出す。

「これはまぁ、悪い人の話なんだけどね」

明香音も、年下の少女が教えを乞うのが悪い気はしないのか、悪い笑みを浮かべた。

「違法な商品で儲《もう》けたい人の気持ちを考えれば分かるんだけどさ、一番嫌なのは、警察や食防隊に自分が捕まることだよね？　だからまずモノが売れたらすぐにお金が自分のところに集まって来るよう商品を売るエリアはある程度近場に絞る。構成員もその範囲の人間で賄う。でも、取り締まられそうになったときに自分は逃げたいから、末端が捕まったときに自分にたどり着く時間を稼ぐために、末端から自分になかなかたどり着かないように、制御できる最大限の階層を挟むことも大切。トカゲの尻尾とはよく言ったもんだよね」

トカゲの尻尾は単に切り捨てられる者の比喩として使われるが、切り捨てられる前は自分の意志で完全に制御できる肉体の一部でもあるのだ。

故に、トカゲの尻尾が上手く動かせないような組織は作るべきではないし、そんな尻尾があると自分もいざというとき逃げることができなくなる。

「でも、戸丸さんの組織はそもそもそうなっていないんです」

「うん、だからさ、そうじゃないんじゃないの？」

「「え？」」

この明香音のシンプルな一言に、弥登だけでなく希美と水村までが目を見開いた。

「希美だっけ。そのドーナツって、今食べられる？」

「ええ、あるっすけど……」

「持ってきて」

希美は明香音に言われるがままにキッチンからドーナツを一つ皿にのせて持ってきた。

明香音は差し出されたそれを手に取り一口食べる。

「外で私が食べたのと大体同じ味だね。まぁ、プレーンドーナツの味なんかそんな極端に違ったりひないだおうへど、ここにこれがあるってことふぁさ」

明香音はドーナツを口いっぱいに頬張りながら指を立てた。

「ドーナツは、農場の外でも作れる。製造プラントがあるのを真優が見てるからこれは確実。でも生産拠点を全部外に出したら戸丸は外の組織を掌握できない。だからね。戸丸は外では作れない何か、もしくは大量生産できる拠点や秘密のレシピか何かをを握ってて、それを外に出す方法を持ってるってことになる。もちろん、外の連中が得た利益を中に入れる方法もある。そうじゃないと組織が成り立たないかんね。てことはさ」

明香音は弥登を見た。

「戸丸は食防隊に見つからず、荷物を出入りさせるルートを握ってるってことだよね。そこ、脱出に使えない？」

「た、確かにそうですね。商売になるくらいの数の商品を作って外に出すなら、相応の規模の荷物を外に出さないと商売にならないわけですから……」

「バカか」

そこに戸丸が紙とペンを手に戻ってきた。

「私達の商品を外に出せるのは曲がりなりにも食い物だからだ。その有能アディクターさんの適当な予想でバカなマネされても困るからざっくり話しちまうがな。そもそも『農場で作られた食品は全て清浄である』って大前提が存在するんだ。だから実は、農場から出荷される食品食材は、原則として検品されないんだ」

「検品されない？　何それどゆこと？」

明香音の問いに、戸丸は紙に図解して説明する。

「ＮＦＰってのは今の日本政府にとっては聖域だ。食安法で完璧に運用されてる農場で作られているものは絶対に清浄なんだ。絶対に清浄ってことは、それを疑うようなことは食安法を疑うことに他ならない」

「理屈は分かるけど、バカの論理だよね」

「そのバカがまかり通ってるおかげで私達は農場内から外に『出荷』ができてる。だから実は、農場から出荷される全ての荷物は、出荷時のチェックは一切無い」

「え、マジで？　だったら出荷のトラックか何かに紛れられればラクショー……」

「だったら脱走者だらけになるだろうが。チェックが無いのは出荷だけ。出荷場そのものは脱走対策に厳重に警備されてるし、そもそも壁際《かべぎわ》だ。近づいただけでＧＰＳが検知されて終わりだ。当たり前だがＧＰＳ発信機が壊されたり、信号そのものが消えたりすりゃそもそも出荷場だって当分停止するからな」

それは農場職員になったときの講習や、お玉ヶ池で聞かされた通りだ。

「当分って、どれくらい？」

「知るかよ。運用上そうなってるってだけで、実際にそうなったケースを私は知らん。むしろ矢坂や水村の方が知ってるんじゃないのか」

「すいません、私は農場運営は専門外で……」

「俺は下っ端なんで、本当に緊急事態が発生した場合は部課長級の命令を聞くだけですから」

「て、ことだ。お前らが脱走を諦めないのは勝手だが、農場から出たことある奴がいないのはアディクターのお前らが一番よく知ってることだろう」

「うーん、なるほどなー。分かっちゃいたけど大分厄介だね」

明香音は、自分も首に装着させられているGPS発信機を指でいじって顔を顰める。

「つまんねぇこと夢見てねぇで、ここでメシ食った以上は組織のために働け。その方が外に出るより長生きできるし、そこそこ美味い飯も食える」

「ところで現実問題、どんな仕事があるんです？　農場作業とは別にってことですよね？　この一週間、私は通常の作業しかしていませんでしたし、私を囮《おとり》に使うというのも今のところ実感が無いのですが」

「私だって表向き農場職員なんだ。常に仕事があるわけでもないし、新入りには組織を知った後に不審な動きをしないか見張る試用期間がある。本当なら勝手にメンバーを増やそうとするのはNG行為なんだがな。水村を介したからギリギリOKにしてやる。とりあえず二人ともこっち来い。仕事をくれてやる」

「ええ？　ここでご飯食べさせてくれるんじゃないの～？」

「テメェは矢坂弥登と違ってそもそも員数外だ！　殺されないだけありがたいと思え！　働かざる者食うべからずだ！」

戸丸は明香音の首根っこを摑むと、弥登を伴ってログハウスから引っ張り出そうとする。

「まさかとは思うが、コレが白馬の雇い主なのか？　どっちかと言えば屋根裏のネズミだろ」

「コレって言うなー！」

明香音は戸丸の手を振り払うと、そのまま弥登の肩に手を回し、耳を寄せる。

「あとさ、弥登、何？　白馬の雇い主って。白馬って。え？　雇い主、だけならニッシンのことだよね。でも白馬って何？」

弥登はハッとして明香音を見ると、先程まで縋《すが》りついてでも会いたかった明香音が、虚無でありながら修羅の面持ちで冷たい息を弥登の耳に吹きかけてきた。

「…………し、信越州、あの、旧長野県の、有名なスキー場のある、村の名前、です」

「ふぅ～～～～～ん？　ニッシンと何の関係があるのぉ？」

「…………その、お店を開くのは、そこがいいと、提案しようかと」

「弥登が脱獄できるかどうかは、私の機嫌にかかってるって思わない？」

「こ、言葉の綾《あや》！　言葉の綾です！　その、情けないんですけど私も農場で心が弱くなって、それで、ほら、助けに来てくれる人は素敵な人だって思うでしょう？」

「それで納得すると思ったら大間違いだけど、戸丸が睨んでるからお説教はまた後でね」

「何でお説教なんですか⁉」

「お前らうるせえ！　静かについて来い！」

これ以上戸丸を怒らせると本当に殺されかねないので、明香音も弥登に絡むのをやめて素直にログハウスから外に出た。

弥登は明香音の剣幕に恐れおののきながらも、ログハウスの外の冷たい空気に触れ、思わず胸いっぱいに吸い込む。

見上げると、はっきりと星空が見える夜だった。

ログハウスは内側から見た通りの古いログハウスであり、周囲の様子を見回すに、そこそこ標高の有る山肌に建っている。

すぐそばには弥登と明香音をここまで水村が運んできた旧式の貨物輸送用ヒュムテックが駐機されている。

箱根ＮＦＰの地理は国家機密に属しているが、農場の中心に箱根山があり、南西に南関東州最大の湖である芦ノ湖があることは、単純な一般常識である。

斜面が南西側に見えるオリオン座に向かってなだらかに下っており、その先に月明りに照らされた芦ノ湖が微かに見えるので、ざっくり農場の北西部。

箱根山ではなくその北側にある台ヶ岳《だいがたけ》の裾野のどこかに建っているのだろう。

台ヶ岳の南側は火山性のガスが出るエリアが多くあり、温泉は湧くが農業や畜産には全く向かない地質条件のエリアが広がっている。

食防隊もほとんど足を踏み入れない地域だからこそ戸丸達も隠れ家を構えていられるのだろう。

「乗れ。これから工場に連れていく。今日はそこでライン作業だ。体中油臭くなることだけは覚悟しとけよ」

戸丸は弥登と明香音をヒュムテックの外の見えないコンテナに叩き込み、移動を開始する。

ニッシンのヒュムテック、ヤドカリに比べるとサスペンションの性能が悪いのか操縦士の腕か乗り心地は極めて悪く、弥登も明香音もヒュムテック乗りであるにも拘わらず強《したた》か乗り物酔いを起こしてしまう。

やがて下ろされたのは、相変わらずどこかも分からない森の中だった。

それでも付近で最高標高の箱根山の位置や、芦ノ湖の水音や風の気配は誤魔化せない。

概ね芦ノ湖の北か西側あたりに下ろされたと考えるべきだろう。

「何と言うか、普通にあるんですね。もっとこう、隠されてるものかと」

それは、箱根が農場になる前の旧箱根町に存在した集落の一角をそのまま利用したと思われる小さな工場だった。

それこそ都市部のダウンタウンに普通にあってもおかしくないような町工場といった佇《たたず》まいの建物の中には、横須賀のニッシンの『キッチン』を髣髴《ほうふつ》とさせる、何の特徴も無い業務用キッチン。

そこで働いているのは弥登や明香音と同じ農場職員の男性一人、女性一人。

見たことのない顔なので、恐らく別の居住棟の職員なのだろう。

「お疲れ様です」「どうも。戸丸さん、新しい人ですか？」

髪や唾が入らないよう帽子とマスクをし、新人である弥登と明香音にフラットな挨拶をする様子は、とてもここで違法な食材が使われているとは思えない光景だった。

「新人の矢坂と月井だ。矢坂のことは知ってるだろ。鳴り物入りで逮捕された元隊員だ」

「すいません、俺最近ニュース見てないんすよ」

「私見ました。へー、テレビで見るより本物の方が綺麗ですね」

「ど、どうも……」

木下にイビられそうになった身としては、良くも悪くも何の感慨も無い反応に、弥登は面食らってしまった。

これまでは多かれ少なかれ、食防隊への恨みつらみをぶつけられることがあったのに、先輩二人の目には弥登個人へも食防隊へも強い感情は一切見て取れなかった。

そんな弥登の内心に気付いたのか、戸丸はにやりと笑う。

「満たされてる人間ってのは、そういうもんなんだよ」

「え？」

「ここで働いてりゃ飯を食うに困らない。外には出られないが、外にいたって元々食い詰めてた奴らだ。矢坂は独居房だからしんどいだろうが、雑居房は監獄ではないって体だから、本やテレビなんかのメディアにはある程度触れられる。衣食足りて礼節を知るって奴だ」

「……そういう、ものですか？」

「ああ。とにかく今日のお前らの仕事は、あの二人が成型したドーナツをフライヤーで揚げて、砂糖をまぶして梱包《こんぽう》することだ。在庫確保だな」

砂糖、と言いながら戸丸が指さしたクラフト紙の袋に入っているのは、正体不明の人工甘味料のようだ。

「これ、どうぞ」

すると、男性の方がどこからともなく、使い込まれてはいるが清潔そうな帽子と不織布のマスクを二人に持ってきてくれた。

弥登と明香音はそれを受け取ると、

「じゃあこっち。私が成型したこれを網の上に乗せて、このフライヤーに沈めます。温度は百六十度。両面きつね色になるまで揚げてくださいね」

「こっちで油が冷える前に粉ふるいで砂糖をかけてくれ。多少ムラがあっても大丈夫。ドーナツの生地自体にもちゃんと砂糖で味ついてるから」

指示された内容は、全く難しくもなんともないことばかり。名も知らぬ二人の男女が成型しているドーナツ生地の数はそれなりだが、地平線まで続くキャベツ畑についた虫を目視と手作業でチェックするような作業に比べ、終わりが容易に見えて生産性もあり、弥登も明香音もスムーズに仕事に入ることができた。

両手持ちのフライヤーの網には一度に二十四個のドーナツを並べることができる。

油の温度は多少顔を炙《あぶ》るものの常に覗き込んでいる必要はなく、弥登はフライヤーに設置されている温度計と焼き色を見ながら揚げ物用のターナーで一つ一つひっくり返して、また良い焼き色になるまで待つ。

明香音は片手で使える粉ふるいで、揚がったドーナツの両面に砂糖をまぶす。

ものの十分もすれば八個入り四セットのドーナツパックが出来上がってしまった。

「お二人は、この仕事は長いんですか？」

「え？　そうねぇ。もう二年くらいかしら」

「そんなもんかな」

雑談を振ると、先輩二人はフランクに答えてくれたが、最低二年は農場で働いているのだと思うと、単純にその生命力は驚嘆に値する。

「外でも、この仕事を？」

「いや。俺達は元々チームで北関東州でアディクターもどきみたいなことやってたんだ。闇農家との取引がバレて捕まっちまってさ。以後ずっと農場暮らし」

「体力と経歴を買われてスカウトされたの」

「……戸丸さんは、そんな頃から組織で重要な役割を？」

戸丸は弥登よりは年上だが、それでも三十代にはなっていないだろう。

一方で目の前の二人は、戸丸とそれほど年齢が変わらないように見える。戸丸はそんな若い頃から農場内で隠然とした権力基盤があったということなのだろうか。

「いや、俺達をスカウトしたのは戸丸さんじゃなくて……」

男が何かを言いかけた瞬間、

「新入りにいらないこと話すんじゃないよ。そういうことは追々知っていくもんだ」

様子を眺めていた戸丸が素早く割り込んできて、男は眉を上げておどけた表情になる。

「怒られちゃった。また今度な」

「矢坂。お前もいらねぇ詮索するな。私のことも、組織のことも、忠実に働いていればいずれ分かることだ。新人は黙って命令された仕事をしろ」

「……はい。分かりました」

そこから先は、戸丸の目が厳しくなったおかげで誰ひとり言葉を発さず、黙々と作業すること二時間弱。

気付けば時計は夜の十一時を指し、弥登が最後のロットのドーナツをフライヤーに入れたときだった。

「やあやあ、お疲れ様です。今回もいい商品を作ってくれましたね」

いつの間にか、弥登達の仕事を監督していた戸丸の横に、職員でも食防隊員の服装でもないカジュアルなジャケット姿の中年の男性が立っていた。

穏やかな笑顔を浮かべる男は四人が作ったドーナツを品定めするように眺めている。

「最近外の連中がヘマしっぱなしじゃないか。外の商品の監督がいい加減なんじゃないか？」

「いやいや申し訳ない。こちらとしてもできるだけ監督を厳しくしているんですが……」

「外から送り込まれるガキども全員を面倒見るほど余裕はない。あんまりヘマするようだと、中が破綻しちまう。外を仕切ってる奴らによく言って聞かせておいてくれ」

戸丸の指摘に、中年男性は穏やかな笑みを浮かべて頷く。

「もちろんです。今は前事務次官の体制が崩壊して、あちこち行き違いが起きてるんです。いずれ落ち着きますよ。こちら、今回の約束の物です」

「ああ」

戸丸は男からそれこそドーナツでも入っていそうなクラフト紙の袋を受け取ると、弥登を手招きした。

「そうだ。いい機会だから紹介しておこう。おい、こっちに来てくれ」

「こいつが例の、矢坂弥登だ。矢坂元次官の娘」

「はい、なんでしょ……」

「……ほう、こちらが」

人の好《よ》さそうな中年男性は、穏やかな笑みを浮かべたまま頷く。

「ここのところ人が増えてるし、これからも増えそうな感じだろ。これからは私がやってた農場内の統括の仕事を矢坂に任せて、私は少し自分のことに集中しようかと思ってるんだ」

「ほう」

「……」

男性は驚いたように頷き、弥登は大きく反応をしない。

本心で言えば、大声でどういうことかと戸丸を問いただしたかったが、農場内部では明らかに異質な男性を前にそんな大ポカをやらかすほど、矢坂元次官の娘という立場は軟弱ではない。

パワーゲームが行われるのは、いつだって人と人が出会うときだ。

「おい、挨拶」

「矢坂弥登です。新参ではありますが、戸丸さんには良くしていただいています」

「存じていますよ。あなたは有名だ。ここは農場。またお互い、無事な姿でお会いしたいものですな」

男は自己紹介をする気はないようだ。戸丸との会話から、外の人間であることは間違いなく、恐らく戸丸に手渡されたものは、戸丸と組織にとって有益なものなのだろう。

とはいえ片手で持ち運べる重量感の無いクラフト紙袋。金や貴金属の類とも思えないが、一体何を手渡されたのだろうか。

「今は色々農場内のイロハを教え込んでるところでな。いずれ私に代わって矢坂が箱根内部を仕切ることになると思う。外の連中にも、よろしく伝えておいてくれ」

「そのように。今回の商品を持ちださせていただいても？」

戸丸が頷くと、男は弥登達が作ったドーナツの箱を丁寧に箱詰めすると、どこからか持ってきた台車に乗せて立ち去った。

「よく対応したな。褒めてやる」

「ここまで沢山時間はあったんですから、教えてくれてもよかったんじゃありませんか？　さすがに完璧に取り繕えた自信はありませんよ」

「お前はデキる。芝居を仕込めば完璧にやっちまうだろ。それじゃ私がお前を従わせてるようにしか見えない。それよりも外の奴に、お前が私の無茶ぶりに自主的かつ咄嗟《とっさ》に対応するほど、短期間で信頼関係が醸成されていると思わせられる方が何倍もいい。完璧すぎるより、ちょっとのスキがある方が人の興味を引く」

「なら、一つくらいご褒美《ほうび》をねだってもいいですよね」

「奴が農場を出る経路なら使えねぇぞ」

「そんな大それた話じゃありませんよ。それ。何を受け取ったんです？」

「……これか？」

戸丸は、ほんのわずかな逡巡を見せたが、意外にも素直にクラフト紙袋の中身を空けて見せてくれた。

「薬？」

袋の中に入っていたのは、薬局で処方されるような沢山の錠剤や塗り薬のチューブだった。

「ああ。こればっかりは農場内では用立てられない。世話してる職員達が病気になったり怪我したりを放置してたらどこでポロっと組織のことバラされるか分からんからな。飯と薬が、私がお前達を飼いならす二本柱だ」

手に持てる程度の薬だが、食料安全維持法下では薬事法も大きく変化しており、多くの医薬品はある意味食品以上に庶民には手の届かない品になっている。

言わずもがな、食料安全維持法施行下では医薬品に必要な薬物や添加物を製造できる環境が極めて限られてしまうからだ。

農場の中で違法食品を製造している見返りとしては、戸丸の持つ袋一杯の医薬品というのは、納得できなくもない報酬だった。

「実際外にいたら、医者にかかるなんて絶対不可能だからな」

そんな弥登の想像を補強するにように、先輩二人が言った。

「ね。私も一回、滅茶苦茶高熱出したときに助けてもらったことあるんだ」

「そう、なんですね」

「ああ。正直、幸運だと思ってるよ。外にいたってろくな飯も食えないし、食防隊に逮捕されたときはもう終わりだと思ったけど、まぁここにいりゃ飢えることはないし、戸丸さん達に拾ってもらえた俺達は、むしろ外でアディクターやってるときより恵まれてる」

「……恵まれている、ですか」

「そういうことだ。とはいえ、これからまたこの一週間みたいに、外の抜けたガキをバカスカ逮捕されて送り込まれちゃかなわない。外の連中に釘刺しとくためにも、これから矢坂の顔は外の奴らにバシバシ売っていく。腐ってもあの矢坂次官の娘だ。箱根内部の組織をナメさせないようにしておかないと、私も飯が食えなくなるからな」

そう言うと、戸丸は弥登の背中を軽く叩く。

「それじゃあ今日の仕事はこれまで。矢坂。月井。お前ら片付けの方法だけ教わっとけ。明日は農場の仕事は休みにしておく。私はこいつを片付けてくるから」

「……分かりました」「……へーい」

そして先輩二人に弥登と明香音を任せ、戸丸はまたどこかへ行ってしまう。

キッチンの片付けにかかると微かにヒュムテックの起動音が聞こえたので、ここからまたどこか別の拠点へ行くつもりだろう。

「あのさ」

戸丸の姿がなくなると、これまでずっと静かだった明香音が先輩二人に声をかけた。

「いきなりなんだけど、センパイ達ってさ、もしかして、コイビト同士だったりする？」

「は⁉」

「そ、そんなんじゃないわよ！　急にいきなりね、もう……」

「あれぇ、怪しいなぁ」

先輩二人は露骨に慌て始め、明香音は片付けを続けながらも主に女性の先輩の方にすり寄ってからかう気配を見せていく。

「なるほどねー、普段の居住棟は男女で分かれてるけど、ここなら男女混合でしっぽりやることもできるってわけだ」

「明香音さん。やめましょうよそんな……」

「と、ともかく！　掃除用の洗剤取って来るからちょっと待ってて！　アキラ、行こう！」

弥登が止めると、女性の方が男性の方をアキラと呼んで袖を引っ張り、逃げるように工場の奥へと引っ込んでしまう。

「ゲロったようなもんじゃん。ねぇ」

「もう、明香音さん悪趣味ですよ」

「いーじゃんか。ちょっとイラっとしたんだよ」

明香音はアキラ達が去った方向を見ながら笑顔のまま言った。

「こんな首輪つけて人間らしく生きてるなんて思うようになったら、終わりだよ。好きな人に出会ったって、こんな場所じゃ家族にもなれない」

「……っ!」

「農場を体験しておいてよかったよ。李爺さんはやっぱ間違ってる。こんなとこで生きてる奴を、人間だなんてとても呼べない」

息を呑む弥登に、明香音は言った。

「弥登。私さっきのジャケットの中年男のこと、見たことあるんだ。真優に連れてってもらった箱根湯本の農場入り口駅の検問でさ。あいつ、逮捕されてた」

「え!?」

「旅行用のトランクに何か紛れ込ませてたとかでね。そんな奴が、何で農場の中で自由に歩き回って、違法食品の取引現場に出てこれんだろうね」

「それは、戸丸さんの組織が……」

「無茶でしょ。農場入り口の検問だよ。鉄道警備隊、検問、取調官、そんなありとあらゆるステップ場所に組織の人間潜ませられるほど戸丸の組織ってデカイの? ここまで見た限り、そんなに人間を面倒見切れる規模してないよ」

「それは……」

「ここまで弥登、どれくらい組織の人間に会った？　戸丸と先輩二人と、希美と水村以外で」

「最初にあのログハウスに連れていかれたときは、あと一人隊員の女性が……」

「戸丸の組織力の要は、ご飯と医療。でも人が増えればそれだけ食べさせる量も増える。戸丸の組織は、見た目ほど大それたもんじゃない。農場の中にアディクター組織って意外性を隠《かく》れ蓑《みの》にしてるだけだ。もっと小さくて、何なら戸丸は……」

弥登は明香音の言葉に圧倒されたが、そこで折悪《あ》しく、先輩二人が戻って来る。

「お待たせ。とりあえず油から焦げた揚げカスを丁寧に取ってから、フライヤーの籠や網をこの洗剤で洗って」

組織の人間の前で公然と組織への疑念を口にするわけにもいかず、弥登と明香音は仕方なく指示された仕事をこなすしかなくなる。

三十分ほどかけて片づけをすると、水村が迎えにやって来て、弥登と明香音は居住棟に戻されることになった。

「よし、二人とも乗れ」

工場の外で暖機された、戸丸の物と同じくらい古いヒュムテックのコンテナを指さす水村に、明香音が尋ねる。

「ねーねー。今後もこういう仕事、定期的にあるんでしょ？」

「さあな。その辺は戸丸さん次第だ」

「私まだ農場に来て間もないしさ、次の仕事も弥登と一緒にしたいんだけど、ダメかなぁ」

「だから戸丸さん次第だ。俺にそれを差配する権限はない。手ぇ出せ。居住棟に戻るのに手錠を……」

「なあんだ。残念」

それは一瞬の出来事だった。

明香音は鋭いフックを繰り出して水村の顎を捉えた。

突然の凶行に水村は全く対応できず、脳を揺らされがっくりと膝を突く。

明香音は水村の手から手錠と鍵を奪うと、膝を突いた水村の腕を捻《ひね》り上げその背に膝を突き地面に叩きつける。

「明香音さん!?」

食防隊で逮捕術を修めている弥登をして驚くべき手際《てぎわ》で、明香音はあっという間に水村を拘束してみせた。

「んなっ……何を……するぅ……?」

脳が揺れている水村は、冷たく湿った土の上に叩《たた》き伏《ふ》せられても、茫洋とした抵抗しかできない。

「何って、逃げるんだよ。次にいつ弥登と一緒に行動させてもらえるか分からないんじゃ、弥登を逃がせないからね」

「んぐぅっ！」

死んだ町に、鈍い音が響く。明香音は水村の肩を外したのだ。

水村の脳は痛みで覚醒するが、痛みで身をよじり素早い動きができない。

明香音は地面に押し倒した水村の右手首と左足首を、奪った手錠で繋げると、ようやく水村の背から降りた。

「相手の動きを封じるだけなら、手より足を封じる方がいいんだ。ま、相手がよっぽど脱力してないと、足に手錠ってなかなかかけらんないけどね」

「な、仲間を裏切ったらどうなると思う！」

「仲間？　バカ言わないで。あんたは食防隊で、私はアディクター。さっきのアキラとその彼女も大概だったけど、食防隊やりながら裏でこそこそアディクターと繋がって偉そうにしてるあんたみたいなのが、私は一番ムカつくよ」

「うぐっ！」

明香音は容赦なく水村の腹につま先を叩きこむと、もはや彼には一顧だにせず、水村の旧式ヒュムテックに乗り込んだ。

「ほら、弥登、行くよ」

「い、行くってどこにですか」

「外にだよ。こんなとこ、いつまでもいたら、体が死ぬ前に心が死ぬよ」

「で、でもこんなことしたら、戸丸さんからも農場からも追われることに……」

「そこは時間との勝負だけど、まぁ分の悪い賭けじゃないよ。こんな好条件、そう何度もあるものじゃないんだ。早く行こう。ニッシンが待ってる」

「ニッシンが⁉」

弥登は闇夜に光が差し込む思いだった。

つい数時間前に明香音相手にしらばっくれたことも忘れ、吸い込まれるようにコンテナに身を躍らせる。

「な、何なのこれ！」

そのとき丁度、工場から出てきたらしいアキラと女性の先輩が、地に叩き伏せられた水村と、ヒュムテックに乗り込む明香音と弥登を見て、目を丸くする。

「お幸せにね」

明香音は二人にそう言い捨てると、コンテナの中の弥登をシェイクする勢いでヒュムテックを反転させて、暗闇の廃村を駆け抜け、森の中へと飛び込んだ。

「見た目ほど悪い操縦性能じゃないかな。多分これでドーナツ運ぶこともあるから、足回りはちゃんとしてるのかも。弥登、生きてる？」

『……膝ぶつけましたぁ』

職員や隊員を運ぶときに監視するためだろう。コンテナ内部を見張るカメラや伝声機能も完備されているようだ。

『でも明香音さん、どういうことなんですか、ニッシンが待ってるって』

「正直こんな簡単に、しかもヒュムテック付きでチャンスが来るとは思わなかったんだけどね、なんてことはない、箱根ＮＦＰの壁にはおっきな抜け穴があったんだよ。それもいくつもね」

『ＮＦＰの壁に抜け穴？　そんなことが……？』

「全部のＮＦＰがそうなのかは知らない。これは大きな湖や川がある農場特有のものなんだって」

明香音の言い方が伝聞調であることを、弥登は聞き逃さなかった。

『どういうことです？　そんな都合のいい情報、一体どこから……』

「どこから、って聞かれるとね」

明香音はコックピットの中で、にやりと笑う。

「私が直接聞いたのはニッシンからなんだけどさ。そのソースがどこかって言うと」

慣れない箱根の山でもスムーズにヒュムテックを走らせた先にあるのは、月明りを映した芦ノ湖だった。

「きっと弥登が聞いたら、複雑な気分になるんじゃないかなぁ」

かくれんぼで鬼に怯える子供のように、その男の姿は小さく見えた。

※

男が住む邸宅もまた、高級住宅街の中にあってその一角だけが灯《ひ》が消えたように静まり返り、周囲の耳目を集めまいと懸命に息を潜めているかのようだった。

夜。

灯《あか》り一つない邸宅を、一人の青年が訪れた。

「……誰だ」

二階の書斎で、しわがれた声を上げた男がまだ齢《よわい》五十だと誰が信じるだろうか。

乱れた白髪頭とこけた頬に無精髭《ぶしょうひげ》。

ほんの少し前まで、食安法の全てを事実上掌握していたはずの男は今や、枯れ枝の如き老人であった。

「いよいよマスコミは、家主の断りもなく乗り込んでくるようになったか……それとも、私の存在を疎《うと》ましく思う者が、私を始末しに来たか？」

「どちらでもありません」

老人の声に答えるのは、彼が遥《はる》か過去に置いてきた生命力をその身に宿す、見覚えのない若者だった。

「俺は、お嬢さんの友人です」

「お……おお、そうか……弥登の、友達か」

真夜中の不法侵入者の答えに、かつての食料国防庁事務次官、矢坂重臣は乾いた顔に微かな笑みを浮かべる。

「弥登は、どうしているかな。まだ、学校から帰っていないのではないかな」

「……いえ、お嬢さんは……」

「ああそうだ。弥登は、弥登は今食料国防隊のヒュムテック隊でね……この時間まで帰らんということは、何か面倒な事件に……」

「違います」

青年の声は、毅然と老人の声を遮った。

「お嬢さんは、アディクターとして逮捕されて農場に収容されました。矢坂前次官。あなたご自身が、お嬢さんを逮捕させたんです」

「逮捕？　何を言っている？　弥登は……弥登は優秀な隊員で……優秀な、弥登は……！」

書斎の机には、ガラスのボトルが置いてあり、矢坂重臣元食料国防庁長官の口から臭うのは、まごうこと無き酒の臭いだ。

食料安全維持法で摂取を禁じられている、アルコール飲料の臭いだ。

「弥登は……弥登はっっ！　がはっ、げほっ……」

突然、老人の乾いた怒号と咳《せき》の音が響く。

月明かりが差し込み、重臣の目に若者の顔が鮮明に映る。

「弥登の、友人だと……誰だ、貴様は……どうやってこの屋敷《やしき》に入った……！　外には、食防隊の警備が……」

「やる気がないんじゃありませんか？　それにどちらかと言えば外の警備は侵入を警戒するのではなく、あなたの脱走を警戒しているようでしたよ。それとも……自殺をしたとき、すぐに対応できるように、とか」

ラベルの無い酒瓶の隣にあるのは、食防隊の制式オートマチック拳銃だった。

重臣は若者の言葉でその存在を思い出したように覚束《おぼつか》ない手で拳銃を手に取り、若者に向けた。

「何者だ」

「言った通りです。お嬢さんの友人。新島信也と言います」

「新島……ニイジマ？」

本名を名乗ったニッシンは、震える銃口に一切怯《ひる》むことなく続けた。

「今日は矢坂元次官に、伺いたいことがあって来ました。お嬢さんが収容されている、箱根NFPのことです」

「NFP……NFPに、弥登が収容されているだと⁉　そんなデタラメを……！　あんなところに弥登が……！」

「まるでお嬢さんが農場にいるのが悪いことみたいに言いますね。農場職員は、国民に遍く食料を行きわたらせるために日々努力する、誇り高い職業ではなかったんですか」

「黙れ……黙れ……だま……っ！」

引き金が引かれようとするその瞬間、ニッシンは易々《やすやす》と銃のスライドを握り、力のない手からもぎ取るとマガジンもスライドも分解してバラバラに放り投げた。

「……俺は、農場からお嬢さんを脱走させるつもりでいます。ただその前に、どうしても知っておかなきゃならないことがあった」

椅子に座り込んだままの重臣はニッシンを睨みつけるが、その体にも目にも全く力は籠っていなかった。

「箱根NFP。魔法のリング。あとは、スイジン」

「っ……」

ニッシンは、顔を顰めた。

かつて食料安全維持法の頂点で我が世の春を極めた男が、こんなつまらない問いかけでボロを出すのか。

こんな男が、横須賀で、南関東州で、日本中で、多くの人々をアディクターと断じ、殺し、捕え、農場へ送り込んだのか。

「知ってるんだな。スイジンが何なのか」

「……」

「あんたの後釜に収まる本命の、佐東って男がな。スイジンについて自供しようとしたガキを射殺したんだそうだ。アディクター相手とはいえあまりに過剰な反応だ」

「佐東……あの小僧が……？」

「弥登が逮捕されるのと前後して、魔法のリングに関わるアディクターの供述から、ぱったりとスイジンって言葉が消えた。それまでは、逮捕したアディクターグループの供述から、必ず一度は出てきた単語が、ぱったりとだ」

「……」

「俺達は最初、弥登が逮捕された前後としか思えなかった。でも食防隊の取り締まりって考えれば、基準にするべきは弥登じゃない。あんただ。あんたが失脚してから、スイジンの名が表に出なくなった」

「そうか……私が……く、くくくく」

重臣は肩を震わせ哄笑《こうしょう》した。

「私が失脚してから……か。随分と前時代的なやり方だ。佐東の奴、若手のホープと言われても、結局は日本の官僚か。しかもその異臭を外の人間に嗅ぎつけられているようではな」

「俺一人で嗅ぎまわったわけじゃない。どうも佐東って奴は苛烈すぎて、現場の人間には結構ドン引きされてるようだぜ？　いくら食防隊が絶対的な権力持ってたって、本部長が直々に高校生のガキをハジくんじゃ、引く奴は引くわ」

「佐東はノンキャリのたたき上げだ。そこが評価されていたところではあるが、指揮官は現場の兵隊を理解はしても、同じ行動をしてはいけないということを分かっていない」

重臣は酒瓶を手に取り一口堂々と飲むと、酒臭い息を吐き、何気ない調子で言った。

「スイジンはな、箱根NFPにいる役職のようなものだ。普遍的に農場にいる立場じゃない。箱根は日本で最初に設立された農場だ。設立に当たって色々な問題があった。箱根の反省を生かして設立されていた他の農場では、スイジンに当たる人間はいたりいなかったりする」

重臣は大儀そうに立ち上がると、書斎の隅の本棚から、どこにでもありそうなプラスチック装丁のファイルを取り出した。

重臣はファイリングされているページをぺらぺらと手繰り、ある一点で手を止めた。

「ああ、思い出した。箱根のスイジンは私が直接設置したものじゃないから、つい忘れてしまうな」

重臣は独り言ちると、ファイルされていた紙を外してニッシンに差し出した。

「箱根町……戸籍謄本？」

それは、戦後の地方自治体大合併で道州制になる以前の、神奈川県箱根町役場が発行した戸籍謄本だった。何十年も前のもので、当然今では何の法的効力も無い書類である。

「食料安全維持法を施行した戦後すぐの政府の悩みは、食料生産量と国内自給率を向上させなければならないことだった。だが、戦争や少子化で単純に人口が少なくなっていたし、食料安全維持法の都合上農場でガソリンやEVの農機具を使うこともできず、とにかく安定的な農場職員人口の維持が求められた」

更に重臣が取り出したのは、北関東州の旧栃木県小山市の戸籍謄本と、旧茨城県かすみがうら市の住民の戸籍謄本だった。

小山NFPもかすみがうらNFPも箱根と同時期に設立された都市近郊型農場であり、かすみがうらNFPは霞《かすみ》ケ《が》浦《うら》と北浦を。小山は箱根とかすみがうらに比べ面積は小さいが、渡良《わたら》瀬《せ》川《がわ》水系と広大な平地を生かした農場が運営されている。

「箱根は芦ノ湖。かすみがうらは霞ケ浦。そして小山は渡良瀬川水系。豊かな水資源があることが初期の国営農場設立の条件だった。ここまで言えば、さすがに分かるだろう」

「湖……水……水系……スイジン、水神？　水の、神様？」

示された農場は全て淡水の巨大な遊水地を擁する農場だった。

「分かってしまえばなんてことの無いアダ名だろう？　戦後の復興内閣は、都市近郊農場にある機能を設定した。箱根、小山、かすみがうらの各自治体全てを完全に農場として徴発した。この三農場の知見を元に作られたのが、山中湖NFPだ」

「農場を運営するのに水が大事なのは分かる。じゃあこの戸籍謄本の人達は、その水を管理する役割を負ってる人ってことか？」

戸籍謄本はいずれも自治体徴発の時点で中年や老境に差し掛かった男性のものであり、重臣のものか、それとも前任者のものか、それぞれの人物像に関する備考のようなものが手書きで書きこまれていた。

「建前上はな。だが彼らには、もっと重要な役割があった。君は、こんな言葉を聞いたことが無いか？　大陸では兵士が畑から生える、と」

重臣のクマの浮いた目が昏《くら》く下卑た笑みに歪み、ニッシンの顔が引きつる。

「なんだその悪趣味なフレーズは」

「言葉通りの意味さ。先の大戦以前。第二次、いや第一次の頃から大陸の帝政国家は広大な国土に住む膨大な人口を大軍として投じることで戦争をしていた。戦後復興内閣は、この考え方に目を付けた」

「何……？」

「戦争と少子化で減る人口を食い留《とど》めるための改憲と食料安全維持法の施行。それを維持するためには、農場に於《お》ける食糧生産の担《にな》い手《て》を安定供給する必要があった」

ニッシンの動悸《どうき》が早まる。

日本人の健康的な食生活のために、不健康と断じられた食品を摂取することを一切許さず罰する組織、食料国防隊の現場トップに君臨していた男の口から、とんでもない言葉が放たれようとしている。

「水神達に課せられたのは、通常では絶対に摘発できないアディクター組織の本体を農場内に作ることだ。農場の働き手が減ったとき、適度な数のアディクターを逮捕して労働力を補充できるようにな」

全ての日本国民に「健康」の義務が課せられて既に三十年。

今でこそ農場の主力を担うのは逮捕された元アディクターだが、設立最初期はその名の通り、国が国民を雇用し農産物や水産物を生産する農業法人だったのだ。

職員の大半は、徴発された地方自治体の住民だった。

だが、戦後復興景気の後押しもあって、例えどれだけ食品価格が暴騰しようと一次産業に従事する人口は減り続けた。

戦争終結一年目には食べ物を求めて多くの人々が農場の仕事に殺到したが、五年も経つと都市部の経済復興が進み、労働者が都市に流れた。

農場の生産量が減れば食品価格はますます高騰する。清浄な食品の価格が高くなればなるほど、違法食材を取引する闇市場が活発化し、国内経済と国民の健康が害される。

ＮＦＰの労働人口維持が急務となった二十年前、矢坂重臣の七代前の食料国防庁事務次官時代に、この水神システムは編み出されたと言う。

最初期の農場、箱根、小山、かすみがうらで実験されたこのシステムは、農場の労働人口を維持すること以外に、都市部の野良《のら》アディクターの絶対数の抑制にもつながったのだ。

横須賀のような、戦後間もなくアディクターの巣窟《そうくつ》として事実上中央政府の統制が利かなくなった地域を除けば、この農場という畑からアディクターという名の未来の農場職員を生み出す方法は、都市の食料治安の維持に大きく貢献したのだ。

「ふ……ざけてんのか」

「ふざけてなどいないさ。大真面目だ。現実問題、農場の労働人口が今以上に減れば、都市の食糧を供給できなくなる。水神システムは、日本の食を支えている」

「食料安全維持法なんてふざけた法律さえなくせばいいだけの話だろうがっ‼　誰もが自由に好きなものを食べられるなら、農場なんてシステムは必要ねぇ！」

ニッシンの怒号はしかし、枯れ木のようになった重臣の髪すら揺らさなかった。

「本当にそう思っているのなら、あまりに物を知らなすぎる」

「何だと⁉」

「事の是非を議論するのは構わん。だが、現実に農場はあって、この国の経済は二十年、そのシステムに依拠して生きてきた。それを解体すれば、どれだけの人間が路頭に迷う？　今違法とされている食品を食べればいいと思うか？　それは農場からの供給がなくなったとき、即座に国民の腹を満たす量が確保できるのか？」

「農場は農場として動かせばいい。食安法さえなければ徐々に食料の需給バランスは……」

「均衡状態になったりはしないよ。安価な現違法食材に需要が殺到する。食料安全維持法がなくなったら、どういった法的根拠で人間を農場に拘束する？　拘束したアディクターがいなければ生産量が維持できないんだ。違法食材が食い尽くされた後、農場からすら食品が生まれなくなれば、待っているのは日本国民総飢餓の世界だ。そうなったとき、最初に淘汰《とうた》されるのはお前のようなアディクターだ」

「……」

「それとも未来の日本が良くなりさえすれば、今自分が飢えて死ぬことも構わんか？　そんなことはない。そうでなければ横須賀にあんな町は出来ていないだろう」

「何故、俺が横須賀のアディクターだと」

「知ってるよ。弥登の任地があのあたりだということもあるが、お前はニイジマと言うんだろう？　よく似ている」

「何だと……？」

「話すことは話した。帰ってマスコミに公開するなりなんなり好きにしろ。多少政権へのバッシングはあるだろうが、世の中は変わらん。選挙権を持つ都市部の住民は、これ以上食品価格が高騰することを望まないし、三十年も経って違法食材を食べようと思うような思想はとっくに消えてる。私もこれ以上破滅のしようがない。誰の手引きでこの家に忍び込んだか知らんが、どうせ協力者がいるんだろう？　そいつにも教えてやれ。現実というものをな」

確かにニッシンは、この部屋に入ってきて以降の重臣の言葉を全て録音している。

だが、重臣の言うようにこの証言だけで世の中は変わらない。

変わらないどころか、下手な公開の仕方をすれば、逆に食安法と農場の存在意義を肯定することに繋がるだろう。

「……弥登は、いいのか」

「何？」

「あんたの娘は、あんたがどうしようもないと思ってるそのシステムに捕まった。あんた、こんなになっちまう前は娘に真っ当な人生を送ってほしいと思ってたんだろ？」

「……仕方ないさ」

重臣はよろよろと椅子に戻ると、体をぐったりと沈めて大きく溜め息を吐いた。

「あの子はもう大人だ。自分の意志で、親の庇護《ひご》を離れ自分が正しいと思った道へと進んだ。傍《はた》から見ればバカとしか思えない道だが、弥登も、今更私の助けなど欲しいとも思うまい」

「本気で言ってんのか」

「さあな。だが、今の私にはどう転んだって弥登を農場から出すことはできない」

「……出したいんだな？」

「……」

「そんな言い方をするってことは、出したいんだな？」

「……当たり前だ。誰が好き好んで、あんな場所に娘をやりたいと思うものか!!」

　システムとして農場を肯定しておきながら、いざ自分がそのシステムで不利になれば被害者然とした物言いをする。

　ダブルスタンダード極まった物の言い方だが、それでも重臣の立場を鑑《かんが》みれば、システムを否定することができない人生だったことも、また確かなのだ。

「あんたがやらないなら、俺がやる」

「何？」

「あんたの娘は、俺の作る店で働きたいと言ってくれててな。俺としても信頼できる従業員を雇いたいのはやまやまだが、農場にいたんじゃどうしようもない。今の話ぶりなら、あるんだろ」

「何がだ」

「水神の組織が食品をやり取りするルートだ。その水神システム、全食防隊員が知ってることじゃないんだろ？」

　少なくとも真優や古閑は、スイジンについて一切心当たりがないから横須賀に来たのだ。

それでも真優が佐東の異常な反応から覚えた微かな違和感を糸口に、ニッシンはここまで来ることができた。

現場が知らない上層部の不審な出来事は、上層部に聞けばいい。

今のニッシン達にとって、アクセスするべき食防隊上層部は、矢坂重臣を於いて他に無かったのだ。

「そんなものがあると思うか」

「あるさ。無きゃおかしい」

ニッシンは断言する。

「水神システムじゃ、常に一定量のアディクターを飼っておく必要があったんだろ。てことは、商品でも原材料でも人間でも、農場内部が負担している部分を定期的に外に出さなきゃならない。でも、食防隊全員が把握しているシステムじゃない以上、定期的に同じようなものを正面から出し続けることは絶対にできない」

農場ではある程度ハウス栽培などもしているが、原則として春には春の、夏には夏のと言う具合に季節の旬の素材しか生産できないことになっている。

出荷する農作物が違えば当然必要な生産資材や輸送方法も変わって来るはずで、そんな状態で正体の分からない謎の搬出物が常態的に外に出ていたら、知らない人間に怪しまれていつ事態が明るみに出るか分からない。

だからこそ、水神システムに関連する物を搬出入する隠された道が、最低二つ、常にあるはずだ。

「箱根は山ばかり目立つが、実は川の土地でもある。有機農法を続ける以上、天然の河川をそう大量に潰すことはできないはずだ。俺は箱根を巡って、外から侵入するなら川しかないと考えた。さすがに湯本を通ってる早川の水系はど真ん中過ぎて警戒は厳しいだろうが、箱根の山を囲む川のどこかには必ず穴があると踏んでる」

「……」

「だが、水神システムが用意している抜け道があるのなら、そこを使うのが一番簡単だ」

「……何故、そう思う」

その問いには、色々な意味が含まれているように思う。

抜け道があると断言していることもそうだし、脱走にそこを使えると思っていることもそうだろう。

その答えは簡潔だった。

「俺がアディクターだからだ。俺が水神システムを作るなら、絶対に抜け道を最低二つ用意する。単純に、知らない奴に一つ見つかっても、職員が脱出用に使ったと言って埋めて、もう一つを守ることができるからな。俺達は普段の取引でも、出入り口が一つしかない建物では絶対に取引をしない」

「……まぁ、単純な話か」

重臣は、このとき初めて、彼の極めて個人的な表情を浮かべた。

それは、ニッシンの驚く顔を見たい、という子供のような表情だった。

「抜け道は設立当初、二十本あった」

「は⁉　二十⁉　そんなに⁉」

「今使われているのは三本だけだ。元々は江戸時代に作られた、芦ノ湖から箱根山の裾野に広がる多くの村々に農業用水を引くための灌漑トンネルだった」

「そんなものが……」

「だが、三本は広い芦ノ湖の南北に散らばっている。どうやって弥登と連絡を取るつもりだ？　言っておくが、職員が収容されている居住棟は侵入できるほど甘い警備じゃないぞ」

「弥登と連絡をどう取るか問題は解決済みだ。場所さえ教えてくれれば、後は俺が、弥登を誰にも見つからない場所に連れていく」

重臣は気の抜けたように頷く。

「湖の南側、白浜のやや西にある西白石浜《にししらいしはま》の洞穴。白龍神社の対岸、廿貫鼻岬下《にじゆうぬきはなみさきした》の洞穴。北側七里ヶ浜の南端、浅割《あさわり》の廃水門。この三か所だ。個人的には廿貫鼻か浅割をお勧めするよ。西白石浜は箱根神社に近くて、隊の基地がある」

「廿貫鼻と浅割だな。外の出口はどこなんだ？」

「これに地図も入っている。精密ではないが参考にはなるだろう、勝手に持って行け」

重臣は、水神の戸籍謄本が入っていたファイルをニッシンに差し出した。

ニッシンがそれを受け取ろうとすると、重臣は引っ張り合うように指の力を強めて止める。

「この資料は私の下にあってこそ、お前達が食料国防庁の不正を明らかにする力を持つ。お前が持って行けばその瞬間、世間的にはアディクターのでっち上げ資料になる。それでもいいのだな」

「今は、弥登の身が最優先だ。どっちにしたって俺と俺の仲間だけじゃ、あんたを神輿《みこし》に担いで世の中を変えるなんてできやしない」

「ふ。そうか」

重臣はファイルを手放した。

「一応聞いておくが」

「何だよ」

「そこまでして弥登を雇う、と言うが、永久就職とか、そういう話か？」

「……オッサン、言葉選びが古すぎるぜ」

「横須賀なんぞ、もっと早くに潰しておけばよかったよ」

「大きなお世話だ」

「さっさと行け。必要以上に長居する必要もないだろう。親子そろって全く忌々《いまいま》し……」

その瞬間、鋭い銃声が屋敷の中に響き、重臣が椅子から崩れ落ちる。

ニッシンはすかさず銃を引き抜くと、デスクの上を転がり後ろに身を隠す。

「おい！　無事か！」

「ぐ、うう……」

うめき声が聞こえるのでまだ生きているようだが、状態を確認する暇はない。

「一体誰が……ぐっ！」

敵の姿を確認しようとしたが、顔を出そうとしたところを正確に撃ってくる。

「おかしいですね。外の警備は、家の中に矢坂重臣しかいないと言っていたのに」

「何？」「何……？」

ニッシンと重臣が異口同音に言う。

「見たところ隊員でもないし、矢坂家の人でもない。もしかして、コソドロでしょうか。家主と親し気に話すコソドロというのも珍しいですが……」

「女の声……一体……」

「早く出てきてください。どうせ助かりません。ここで私がどれだけ無茶な撃ち方をしても、外の警備は入って来ませんので」

「「外の者をどうした！」」

またニッシンと重臣の声が被《かぶ》る。

「別にどうもしません。ただ何が起こっても黙って待っていろという命令を下しただけです」

「何ィ……？」

「出てきてください。不意打ちは失敗しちゃいましたから、ここで何が起こったかだけ確認させてもらいます。ほら、撃ちやしませんよ。出てきてください」

「絶対撃つだろ。あれ……」

「……あの女、この声……佐東の秘書だ」

「あ？」

見ると書斎の後ろの窓に、やってきた女の姿がおぼろげに映っていた。

黒いニット帽に黒くスキニーな上下に黒いスニーカー。分かりやすく不審者だが、顔をそのまま出しているのは、暗殺を誰にも見られないという自信があるからだろうか。

「掛け値なしに佐東のためなら何でもする人間だと聞いたことがある。だがまさかこんな」

「うるさいな裏切者」

その瞬間、女が映った窓ガラスが女の銃で破壊される。

「娘が娘なら親も親ですね。食料安全維持法の秘密保持規程に関わる重大な違反。おかげで暗殺ではなく、食料安全維持法違反容疑で射殺する大義名分ができました」

「おい、暗殺とか言ってるぞ」

「ぐ……さすがに、佐東にそこまで恨まれた覚えはないんだがな」

笑顔を浮かべる余裕があるなら、重臣は大丈夫だろうが、それでも撃たれたことには変わりない。

「それとも、そのアディクターが強盗に入ったとかいう設定の方がいいかしら」

「門番に命令してんだろ？　そんな話、通じるか？」

「別に、殺してしまえばいいじゃない。犯人はあなたになるんだから」

「フザけろ！」

ニッシンは一瞬体を出して容赦なく女に発砲する。

だが女も反撃は予想していたのか、本棚の陰に一瞬身を隠し銃弾を避けた。

「いい判断力。銃の腕もなかなか。遊んでると危なそうね。それじゃあ決めさせてもらうわ」

そう言って女が本棚の陰から見せつけるように構えたのは、

「冗談よせっ！」

肩手持ちの短機関銃だった。

弾幕を張られ、たまらずデスクの陰に隠れるが、薄い板の部分を平気で弾丸がぶち破り、女はその隙に一瞬で距離を詰めそのままデスクを飛び越えると、

「でもその勢いで来たら上飛び越えるしかないだろ」

重臣をかばうようにしてその上に寝そべりながら、両手で天井に向けて銃を構えているニッシンと女の目が合った。

ニッシンの銃が二連射され、女の両肩を撃ち抜いた。

女は悲鳴を上げることもできず、デスクを飛び越えた勢いのままに床に転がり落ちる。

「来るルートが分かってれば、迎撃は簡単だ。反撃できない相手とばかり戦ってきた奴なんか、どんなに殺しに慣れてたってこんなもんだ」

「う……ぐ……」

女の落とした短機関銃と拳銃を奪うと、ニッシンは上着の内側に向かって怒鳴る。

「おい門番っ！　ヤベぇ奴通してんじゃねえよ！」

そこには無線機のようなものが仕込まれていて、

『すいませーん！　今行きまーす！』

呑気《のんき》な反応が返ってきて、果たして書斎にやって来たのは制服姿の真優と古閑だった。

その頃には重臣もふらふらしながらも自分の足で立ち上がっていた。

「銃声聞こえてただろうが！　何やってたんだよ！」

「いやあ佐東本部長の関係者だってことは分かってたんですけどねー。まさかこんな派手なことするとは」

「俺は助けに行こうって言ったんだぞ！　でも松下さんが、最初の一発でもし誰か死んでたら逆に面倒になるからって」

「オッサンがガチで無気力だったら、マジで死んでたとこだぞ！」

重臣は、無気力で捨て鉢になったような顔をしながら、部屋着の下にしっかり防弾チョッキを着こんでいたのだ。

「夏場なら死んでいたかもしれんな」

とは、女を倒した直後、しゃあしゃあとニッシンに言ってのけたものだ。

「お前らも聞こえていただろうが、必要な情報は手に入った。あとは明香音を農場に送り込んで、弥登と会う日まで待つだけだ」

「それはそれで時間かかりそうですけど、まぁその辺はこちらで何とかなるようにしましょう……それにしても……」

「先ほどの話は、本当なんですか。次官」

耳から無線のイヤホンを引き抜いた古閑が、険しい顔で重臣に迫った。

「……君は、鎌倉署の……」

「俺、何だかんだ言って、食防隊の仕事に誇りは持ってたんです。でもそれがまさか、あんなマッチポンプみたいなこと……」

「必要悪というやつさ。世界に非合法組織と蜜月関係にある治安組織がどれほどあると思う？自分で作っているだけ、まだマシというものだ」

「……松下さん」

「何です」

「今はっきり、食防隊を辞める決心がついたわ。新島が隊長を助けたら、俺はそのままこいつらに付いてく」

「いいんじゃないですか？」

元からはっきりしていた古閑の意志を、真優はにこやかに後押しした。

「古閑さん、今『食防隊』って言いましたよね」

「それがどうしたんだよ」

「だからアディクター、向いてるって話です。さ、新島さんはそろそろ行ってください。本来の警備の門番が戻ってくるまであんまり時間がありませんから」

「ああ。だがこの女はどうする？」

「それは新島さんが気にすることじゃありません。何せ今日、あなたがここにいたって証拠は残しちゃいけないんです。だからこの女の扱いも、相応のものになります」

「分かった。任せたぞ」

ニッシンが身を翻《ひるがえ》し外に出ようとするその背に、

「娘を頼むとは、言わんでおくよ」

「言われたようなもんだ。遠い将来、仲直りしたかったら言ったことにしておけ」

ニッシンは初めて重臣に笑顔を向け、そして去った。

「さて、と」

ニッシンが去ったのを確認した真優は、一度嘆息してから、床の上で呻《うめ》く女の前にしゃがみ込む。

「ここからは、食料国防隊員としてのお仕事です。新島さんの腕に感謝するんですね。見た目ほど重傷じゃない。命は助かりますよ。もちろん……」

言いながら真優は、自分の銃を引き抜いて、目だけで見上げる女のこめかみに突きつけた。

「ここから先の、あなたの態度次第ですが」

※

「……っていうのが、せ、先々週くらいの話、ね。それで、で、で、私は真優達の手配で外で魔法のリング絡みで捕まった子達に紛れて農場に入って来たってわけ……聞いてる？」

「……き、聞いてますよ。単純に情報量が、お、多すぎて受け止めきれないだけ、だけです」

芦ノ湖のほとり。廿貫鼻と呼ばれる小さな岬に人為的に開けられた洞穴を歩いていた。

ヒュムテックが入れるほどの大きさではなかったため、芦ノ湖からは歩きだ。

江戸時代に作られた灌漑トンネルであるというその洞穴には今も芦ノ湖からの水が流れており、洞窟内は中を通る水神システム関係者のためか最低限の舗装がされており水に浸《つ》かる心配はないのだが、何せ真冬の山の地下水路だけあって、とにかく気温が異様に低い。

「こ、この寒さは、ちょっと想定してなか、なかったね。ヒュムテックがと、通れる穴かどうかは、計画段階で、その、分かんなかったから」

「さ、寒い、だ、だけですよ。大丈夫、い、一気に駆け抜けてしまいましょう」

ヒュムテックのコックピットに装備してあった小さなＬＥＤライトだけを頼りに暗闇を走る弥登と明香音の吐く息は白い。日中の労働だけを想定している農場職員のツナギは冷気を全く遮らなかった。

「ところで、に、ニッシンは迎えに来て、く、くれてるんですか？　真優ちゃんやニッシンの計画だと、わた、私と明香音さんが出会う日までは、け、計算できないんじゃ」

「そ、それは大丈夫なはず。私達が、だ、脱走してこの地下トンネル使えば、ほら、さ、騒ぎになんじゃん？」

明香音が首のＧＰＳ発信機を指さし、弥登は納得する。

地下に入れば、当然だが衛星が信号を検知できなくなる。山岳地帯の地下トンネルならなおさらだ。

「さ、騒ぎになると言っても、昔の刑務所みたいに、農場中に警報が鳴り響く、みたいなこと、多分ないですよ……？」

「そこは何とか気付いてもらうしかないけど、私が農場入ってからずっと、ニッシン出口側でキャンプして待機してるから、最悪トンネルを抜けることができればどこかでは合流できるよ」

「だ、だといいんですけど……」

　地下では方向感覚が狂う上に灯りは頼りないライト一つ。空が見えないので正確な時間の経過が分からず、トンネルの最低限の舗装も、ところどころ土が露出していたり凍り付いていたりで最速で進むことができない。

　その上、出口となる反対側まで、明香音が言うには地図上の直線距離で三キロメートル以上あるらしい。

　更に、気になるのが追手だ。農場本体の追手がかかるのはまだ先だろうが、戸丸達の追手は、ぐずぐずしていれば追いついて来る可能性は十分にある。

　水村の足止めも、水村本人は動けなくなるだろうが、戸丸や希美ら、仲間に即座に連絡されたら大した時間稼ぎにはならないだろう。

　水神システムの話が確かなら、芦ノ湖の地下水道のことは戸丸達も熟知しているはずだ。戸丸は弥登が農場を出たがっているのを知っているから、すぐに三本の抜け道に当たりをつけるだろう。

　そしてどれか一つなどと言わず、三本全てに追手を差し向けるはずだ。

「あっ！」

　早足で歩いていると、弥登の後ろで明香音の小さな悲鳴が上がる。

「大丈夫ですか？」

「躓いただけ……普段こんなことないんだけどな……」

「体が上手く動かないんですよ。地面もこんなに冷たいし……」

農場支給の靴は、丈夫だが特に防寒性に優れているわけではないため、足元の冷たさがソールを貫いて足裏や指を硬直させるのだ。

「ごめん、急ごう。こんなとこでぐずぐずしてらんない。多分そろそろ追跡かかる頃だよ」

明香音も弥登と同じ危惧を抱いていたようだ。急《せ》かす必要が無いのはありがたいが、弥登自身も既につま先の感覚がほとんどない。

二人は手を繋ぎながら暗い通路をひたすら歩き続ける。

平地の百メートルと、山道の百メートルでは、踏破する労力は天地の差だ。

歩を進めるほど明確に二人の体力は削られてゆき、ほとんど言葉も交わさなくなる。

二人が口を閉じて一時間経っただろうか。それともそれは単に願望で、十分も経っていないだろうか。

二人の向かう先に、はっきりと人工的な光が見えた。

「……迎え、でしょうか」

「じゃ、ないと思う」

辛い洞窟の道行きで灯りを見つけたら一目散に向かいたくなるところだが、それでも二人はプロの元食防隊員でありアディクターだ。

時間は夜。光は人工的に設置されたものにほかならず、今この甘貫鼻の洞穴に現れ得る人間の候補を考えれば、ニッシン以外は全員敵だと思わなければならない。

そして、誰かに見つかれば逮捕されてしまうのはニッシンも同じである以上、わざわざ光を設置して待ち構えている何者かが、ニッシンである可能性は限りなく低い。

「それでも……」

「戻ったってどうしようもないし……ね」

ここまで真っ暗ながらに足を止めずにいられたのは、トンネルが多少うねることはあっても脇道などは一切存在しない、完全な一本道だったからだ。

だからもし正面にいるのが敵であったとしても後ろに戻るだけ無駄な足掻きでしかない。

「行きましょう明香音さん。光は動く様子がない。人工的に作られた中継地点に、照明が灯っているだけという可能性もあります」

「だといいけど……というか、それでも誰もいない保障はないけど……行くしかないね。敵がいたら戦って、体あっためるしかないかな」

半分ヤケだが、半分は選択の余地がないが故に、二人は歩みを止めなかった。

やがてこれまでで最も強固に舗装された道になり、壁も天井もコンクリートに覆われ、水路もグレーチングが設置される。

「コレ……」

「ヤバいかも……？」

一気に天井が開き、整備された場所に出る。気温はいっかな上がらないが、バスケットコート二面程度の広さがあり、グレーチングで覆われた水路が行く先は更に天井も床の幅も広くなり、それとは別の場所に行くためのドアまである。

見えた光はその広場を照らす照明であり、広場の隅にはプラスチックの折り畳み式コンテナや台車のようなものが整理して置かれていた。

「寒そうね」

そして、そこに待っていたのは弥登にとっては色々な意味で予想外の人物だった。

「……木下、班長……？」

食料班の木下が、ツナギの上から食防隊のコートを着てそこに立っていたのだ。

「面倒なことしてくれるわね。私、明日も朝早いんだけど」

「どういうことですか。木下班長も、戸丸さんの……」

「ちょっと複雑なのよ。私はあいつの部下じゃない。でも、上司ってわけでもない。あんた達、ここにいるってことは水神システムは知ってるのよね」

木下の口から当たり前のように水神という言葉が出てきた。

「戸丸は自分が組織を押さえてるつもりでいるみたいだけど、全部こっちの目こぼしでやってること。私が箱根に『赴任』して二年になる。戸丸達水神がスムーズに活動できるように。かといって、余計なメンバーを増やして下手なことはできないように、調整する役が必要になる。分かるわよね。元食料国防隊なら」

木村はコートの内ポケットから、あまりにも見覚えのあるものを取り出した。

「南関東州本部警備部公安課、本名は木下じゃなく木村史枝《ふみえ》。これでも主任相当官よ」

食料国防隊員手帳。

弥登は以前、戸丸のことを公安だと疑ったことがあったが、見当違いにも程があった。

「公安は……あなただったんですか」

「水神システムは綿密な統御が必要になる。水神がいる農場にはアディクターに紛れて大勢の公安がいるわ。そうでなければ、たとえ水神に近い人間だからって、農場の職員があんなに色々な便宜を図れるわけないでしょう」

食堂でいつも見ていた神経質そうな性格は、全て芝居だったのだろうか。

今の木下、いや木村は、その目に一切の感情を宿さない氷そのものの姿をしていた。

「もちろん、戸丸は優秀な水神メンバーよ。本気であいつに絡めとられて協力してる隊員も少なくないわ。水神システム的には悪いことじゃないから見逃してるけど、水村みたいな本気な奴をああいう目に遭わされると、後で整合性取るのが大変なのよ。私の存在は、隊員にもバレちゃいけないから」

「……隊員にもバレちゃいけないのに、どうして私達の目の前でそんなことをペラペラと？」

「そりゃまぁ、決まってるじゃない」

木村は手帳を仕舞うと、そのまま入れ替えるように銃を取り出した。

「あんた達をここで消すからよ」

「弥登っ!!」

明香音が弥登に横から体当たりしなければ、銃弾は弥登の体を貫いていただろう。

慌てて身構えるが、この広場には身を隠せそうな場所が一切ない。

「銃弾もタダじゃないのよ。国民の税金で作ってんだから、さっさと当たりなさい」

「お断りします……！」

「弥登、前に横須賀で銃弾避けてたじゃん。今度もそういうわけにいかないの」

「この寒さと疲労と、訓練された相手ではなかなか厳しいですね」

「そっか！　それじゃあ、お互い幸運を祈ろうか！」

作戦など立てている暇はない。弥登は明香音の視線だけで勘を働かせ、明香音が駆けだしたのとは別方向に動いた。

木村は、銃口は迷わず弥登にポイントするが、それでも視線は明香音を警戒しており、乱射するつもりはないらしい。

明香音は自分に銃口を向けられていないと判断して大胆に広場の隅の台車に飛びつき、

「うおおおおおおおおお‼」

その細腕とかじかむ手で台車を抱え上げ、盾にして身構える。

「重いなああああああくそおお！」

台車は大きく重く、明香音の動きも鈍いが、それでも台車を掴む手やばたばたと動く足を狙うのは訓練された軍人でも困難を極める。

台車は古いがスチール製なので、拳銃でも一撃では撃ち抜けない。

明香音はほとんど破れかぶれで台車を盾にしたまま木村に突撃を繰り返す。

「クソ、邪魔ね」

「わ！　ちょ！　あっ！　くそっ！」

だが台車のスチール板程度で完全防御できるほど拳銃の威力は甘くない。

オートマチック拳銃の連射であっという間に台車はボコボコになってしまい、衝撃で明香音ももんどりうって倒れそうになってしまう。

「明香音さんっ！」

弥登は背後から木村に襲い掛かるが、木村は上体を捻って弥登に向かって鋭い後ろ回し蹴りを繰り出し、更に狙いも定めず弥登の側に一発発砲し、動きを牽制《けんせい》する。

「言っとくけど、マガジンはそこそこあるわ。台車なんかいくらでも出して来ればいい。ぶち抜いて動けなくなったところを縊《くび》り殺してあげる」

「そういうのは映画だけにしとけっての！　どんだけだよ！」

木村も最初ほどの余裕はないが、それでもまだまだ弥登と明香音が不利であることには違いないし、コートの内側をわざわざ開いて、古の銀行強盗が爆弾を見せびらかすが如《ごと》く、コートの内側に留めてある三本のマガジンを見せびらかせてみせた。

水が流れる真冬の洞穴の中でスチール製の台車をいつまでも素手で構えていられない。

「弥登。あの量の弾、コレで耐えられると思う？」

「撃たれる場所が集中したらギリギリ無理ですね！」

「だよねー！　でも今はどうしようもないよね！」

明香音はバカの一つ覚えのように台車を構えたまま木村に突撃を繰り返す。

「……バカの相手は面倒ね！」

だが、威圧している側の木村も後数発も撃てば穴が開きそうな台車に向かって発砲せず、弥登の位置を意識しながら明香音の突撃の回避に専念し始める。

「く、このっ……！」

時折散発的に台車を持つ指や足元を狙って引き金を引くが、低温に晒《さら》されているのは木村も同じであるため、撃たれている側が気付くレベルで、明らかに狙いの精度が下がっている。

「ほら、どうしたどうした！　さっさと撃ってきなよ！」

「こ、このっ！」

確かに木村がノータイムでマガジンチェンジできるなら、二人も絶体絶命だろう。

だが実際には台車を構えて暴れまわってる大人を相手に、この低温下でコートの内側に留めてあるマガジンを抜き出して交換する時間はない。

実質今入っている弾を木村が撃ち切る瞬間こそが、この勝負の終わりのゴングだった。

だが、遂《つい》に一発の弾丸が明香音の台車を貫き、明香音の頭部を掠《かす》め、明香音は衝撃で転倒してしまう。

「明香音さんっ‼」

倒れた明香音はもがいている。致命傷ではないようだが、次の一撃を回避できる状態ではない。

弥登にほとんど計算はなかった。倒れた明香音が危険だ、木村を止めなければ、そんなことが中途半端《ちゅうとはんぱ》に脳内を支配し、スピードをつけて木村に突撃する。

木村は、倒れて隙だらけの明香音ではなく迷うことなく防御を捨てた弥登に狙いを定める。

「だいじょーぶ！　撃ち切ってる！」

明香音の叫び。

明香音は戦闘が始まってから今まで、ずっと木村の発砲音をカウントしていたのだろう。

食防隊制式拳銃の装弾数は十五発。

明香音のカウントは信頼できるだろう。何せ弥登も、同じように発砲音を数えていたからだ。

だが相手は最初の農場に潜入している公安だ。当然木村だって数えている。

弥登は木村と目が合った瞬間、体を真横に一回転捻って、最後の一発を回避し、

「っ！」

木村の息を呑む音と、一度だけ足掻くように引かれたトリガーの空打ちの音を聞きながら、

「せあああああっ！」

木村の腹目掛けてそのまま突撃して転倒させた。

「うぐっ！　このっ！」

だが木村もそんなことくらいで怯まないし、無様に気絶したりもしない。

撃ち切った銃の銃床で組み付いて来る弥登の頭を強かに殴りつける。

だが、それが木村の最後の抵抗だった。

「あー、左耳、ぐわんぐわん言ってる」

木村が相手にしていたのは、拳銃の弾を回避できる格闘能力を持った元食料国防隊員と、ベテランのアディクターだ。

「せいっ！」

「ぎゃっ」

「ひっ！」

弥登に組み伏せられた木村の頭に、明香音が穴の開いた台車の天板を大上段に構え振り下ろ

した。

鈍い音がして天板が歪み、頭の上から大質量が降って来ることを察した弥登は木村と一緒に悲鳴を上げた。

「……明香音さ〜ん……怖い！　台車の車輪ちょっと肩に当たりました！」

「ごめんて。てかそっち？」

撃ち切ったはずの拳銃から弾がもう一発出たのは、オートマチック拳銃特有の予《あらかじ》め薬室に送り込まれていた＋1分の一発だ。

「撃ち切ってないことは分かってたんで気にしてないです」

「逆にびびるわ。ふへー……っともー」

明香音は警戒しながら台車を除《の》けると、木村が完全に無力化していることを確認する。

「コート、どっち着る？」

「明香音さん着て下さい。血が流れると余計に体が寒いでしょう？　私はまだもう少し大丈夫です」

「ん。じゃ遠慮なく……ちょっと大きいな」

木村が着ていたコートを追いはぎし、もちろん予備のマガジンも撃ち切った銃もありがたくいただく。

「足、撃っとく？」

「発見が遅れたら死んじゃうかもしれませんからやめときましょう。それより……木村さん、どこから来たんだと思います？」

「え？　ああ、こいつ食料班の班長だったんだよね。てことは水村が何か知らせたとして、まさか居住棟からここまで車とかバイクで走れる地下道があったりするのかな。あの扉の向こうとか」

「ええ。公安で、水神グループの関係者でもありますから農場内をある程度自由に動けたでしょうけど、この場所は多分物資の集積所とか荷《に》さばき場とか、そんな感じなんじゃないでしょうか、そうなると……」

弥登は更に木村の体をまさぐると、ツナギのズボンのポケットからシリンダー錠前の鍵を見つける。

果たして側面の壁の扉の鍵であり、その奥には壁にロッカー、中央に折り畳み椅子と机が並ぶ控室か会議室のような場所で部屋の対角線のあたりにまた扉。

「み、弥登、ストーブ！　ストーブある！　当たってかない!?」

「着火できるようだったら、木村さんを拘束して、さすがに少し休みましょうか。あの扉の向こうは……」

その奥には、これまでと同じような長い洞穴で、芦ノ湖のものであろう水も流れていた。

「やば！　これまさか、分かれ道ってこと？」

「いえ、水は向こうからこっちに流れて来ています。下流に向かわなければいけないんですから、これは農場内部からの通路でしょう。それより見て、明香音さん、あれ！」

弥登が笑顔を浮かべて指さす先にあったのは。


「うひょー！　最高のボスドロップじゃん！」

「明香音さん落ち着いて！　頭撃たれてるんだから安全運転でお願いしますね！」

作業員控室の奥の洞穴にあったのは、木村がここまで乗ってきたであろうオフロードバイクだった。公安のものか水神のものかは分からないが、足場が悪く狭い洞穴を走るのに最適な乗り物だ。

残念ながらストーブはつかなかったが、ロッカーの中からは使い捨てカイロが見つかった上、軍手や作業用ヘルメットやウインドブレーカーなどが無造作にしまわれており、二人は考えられる限りの防寒装備で荷さばき広場の先の通路を疾走することができた。

木村は凍死しないようコートとウインドブレーカーとカイロで簾《す》巻きにして控室に放り込んだ。

「……こうしていると、横須賀のことを思い出します」

明香音の運転するバイクの後ろに乗るのは二回目だ。

「早く……帰りたい」

「……だね。きっともうすぐだよ。私も短い間だったけど、もう農場なんかこりごりってやつ。早く美都璃達に会いたいけど……前も言ったっしょ。運転手に抱き着くなっての」

所々危険な道も無くはなかったが、厚着をしてオフロードバイクに乗った二人は、とぼとぼと歩いていたのが信じられない速度で洞穴を抜けてゆく。

「風、変わった」

やがて、明らかに洞穴内の空気が変わり始める。

顔の肌に感じられる気温の層と風の柔らかさが明確に変わったのだ。

「弥登……出口だ」

「……ですね」

外は夜のはずだ。

だが、洞穴内の闇と比べ、外には月と、星と、空がある。

やがて二人ははっきりと洞穴に吹き込む暖かい風を感じた。

絶対的には冬の気温なので暖かいはずがないのだが、それでも血も凍るような洞穴に吹き込む『外』の空気は、暖かく感じられた。

洞穴の先は、雑木林としか言いようのない荒れ果てた広い森の中。

だが木々はまばらで、空も見え、オフロードバイクなら多少揺れるが十分走れる場所だった。

そしてそんな場所に、

「半信半疑だったが、まさか本当にこんな場所から現れるとはね」

食料国防隊の制服を着た一個小隊が待ち構えており、洞穴から出てきた弥登と明香音に一斉に投光器と銃口を向けたのだった。

「公安課が止めに入ると連絡を受けたが、やっぱり失敗しましたか。どーも食料国防隊の公安は、警察と比べると実戦経験値が低くてダメですね」

その一隊を指揮している男は、弥登のよく知る男だった。

※

「お久しぶりです。矢坂さん。最後にお会いしたのは、二年前の本庁の納会でしたっけ？」

「……ええ、佐東警備局長……いえ、今は特別区本部長、でしたか？」

「おかげ様で出世しまして。お父様の後釜に座った今の臨時次官の後も継ぐ予定です」

「おめでとうございます。一応お願いするんですけど、通していただくわけにはいきませんか？」

「無理ですね。おい」

「はっ」

オフロードバイクのガソリンタンクを一撃で撃ち抜いた。

「やばっ！　弥登！　離れて！」

銃弾が撃ち込まれ、その穴から微かに炎が見えた次の瞬間、

「うぐっ！」

「あああっ！」

飛び降りるも全く距離を取ることができないところでタンクが爆発し、二人に容赦なく火炎とバイクの破片を浴びせかける。

炎が移ったウインドブレーカーを脱ぎ捨てて地面を転がった弥登は、背中に燃え移った炎を消すこともできずに倒れ伏す明香音に駆け寄り、必死でウインドブレーカーを脱がせる。

「明香音さん！　明香音さんしっかり！」

「……やば。今度は、マズいとこ、当たった」

「明香音、さ……！」

ツナギの脇腹に、物凄い勢いで血が染《し》み出し始めている。ガソリンの爆発とはいえバイクの原型をとどめないほどの威力ではなかったはずだ。

だがハンドルを握っていた明香音はタンクの爆発をもろに喰らったのだろう。

「降伏します！　このままでは明香音さんが死んでしまう！　佐東本部長！　供述できることは全て話します！　ですから明香音さんに治療を……！」

「そんなことできるなら、こんなところで待ち構えてこんなことしないですよ」

佐東は心底困惑したように肩を竦めると、そのまま右手を上げた。

「水神システムに関わった人間は、一人たりとも生きていてはいけません。水神システムは、食料安全維持法に対する重大な背信であり、唾棄すべき悪です」

「何……何を……」

「次期事務次官を内々に打診されたとき、私死ぬほど驚いたんですよ。この水神システムの話を聞いて。誰がこんなことを恥ずかしげもなく考えたんだと。そりゃあ最初期は必要悪としてやらざるを得なかったのかもしれませんけど、どこかで考え直す機会はあったはずなんです」

「何を、言って……」

「労働力補充のために、食料国防隊が違法食材の生産に手を染め、それを市場にばらまくアディクターを組織するなんて、これをマッチポンプ、汚職と言わず何と言うのです？　こんなの、ギャングや麻薬カルテルが政治や警察機構を牛耳ってるのと一緒ですよ。私、何か間違ったこと言ってます？」

「佐東本部長、まさかあなた……」

「ええ。私は水神システムを闇に葬ります。ああ、間違っても無駄な抵抗はしないように。ここにいるのは私が長官就任に当たって正式に発足させる食料国防隊特殊作戦群、通称ＦＡＴ(Forbidden food Assault Team)です。あなたが仕留めた農場内公安とはレベルが違う。一歩でも動けば、お友達と一緒にハチの巣です」

「……なら、早く殺せばいいじゃありませんか！　獲物を前に舌なめずりをするような二流のハンターのようなマネをしなくとも！」

「いえね、最後に交渉をと思いまして」

「は？」

「私はね、あなた個人の才能を惜しんでるんです。今時外で迂闊にこんなこと言ったら怒られちゃいますけど、あなた美人だ。しかも、社交界でも取り締まり現場でも実戦経験があり、お父様が失脚しても、あなた個人の持っている色々なつながりは無視できない。だからね、私の秘書、やりませんか？」

「は？」

「実は最近、秘書が一人、ヘマして使い物にならなくなったんですよ。なんで、その後釜に座ってくれないかなーと。了承してくれればお父様の立場も私が保障しますし、あなた個人は水神システムの被害者ってことにしておきますから」

「……私が了承すれば、明香音さんを助けてくれますか」

「何言ってるんですか」

佐東は満面の笑みで言った。

「アディクターを助ける理由がどこにあります？　そいつは、あなたにカップ麺食べさせた横須賀の人間の一味でしょう。さすがにこれまで積み重ねた罪が重すぎます」

「……み、弥登……いいよ。もう。こりゃ駄目だ」

「明香音さん！　明香音さんしっかり！」

「お互い、ここで終わり。最後にさ、最後っぺしてやろ」

「ダメ！　諦めないで！　明香音さん！」

だが弥登の制止を聞かず、明香音は木村から奪った銃を手に身を起こし、迷うことなく佐東目掛けて引き金を引いた。

だが。

狙った先に佐東の姿はなく、最初のポイントからほんの二歩分だけ、ずれたところで変わらず穏やかな笑みを浮かべて立っていた。

「死にかけのアディクターに撃たれるほど、ヤワじゃないもので。これでも学生時代はクォーターバックですし、アディクター逮捕術で表彰されたこともあるんです」

「クソっ！」

「明香音さんっ！」

「残念です。最大限の譲歩でした。さようなら。矢坂弥登」

明香音に向かう銃口から明香音を隠すように、弥登は佐東に背中を向けて明香音を抱きしめる。

そんなことをしても何の意味もない。一発の銃弾が全てを無に帰すだろう。

だが。

「な、なんだっ！」

弥登と明香音の耳に届いたのは、特殊部隊のアサルトライフルの発砲音ではなく、大砲を発射したような轟音《ごうおん》だった。

「な、何なの⁉」

顔を上げた弥登の目の前には、佐東達の背後に立ち上がる、巨大な蜘蛛《くも》の如きヒュムテックのシルエット。

多脚戦車の腕が居並ぶ特殊部隊を背後から薙《な》ぎ払《はら》い、彼らの車両を機銃で粉々に撃ち砕く。

「何だこいつは！　一体どこから！」

佐東も目を見開くが、さすがは鍛えられた特殊部隊らしく、無事な隊員は散開してヒュムテックの関節部目掛けて射撃を畳みかける。

「……遅いって」

弥登の腕の中で、明香音が呟く。

「ヤドカリはホント足遅いんだから……」

『弥登！　明香音！　無事か！』

「ニッシン！」

ヒュムテックの拡声器から聞こえる声に、弥登は思わず涙がにじんだ。

『待ってろ！　こいつらすぐに排除して、ぐっ！』

ヒュムテックの圧倒的な力で全てを薙ぎ払えるかと思った刹那、もう一機ヒュムテックが現われて、ニッシンのヤドカリの横腹を食い破らんと突撃してくる。

『クソ、いたのかよ！』

『そりゃいますよ！　水神は外にも仲間がいるんだ。どんな邪魔が入るか、分かったものじゃありませんからね！』

最初の混乱をものともしなかった佐東が、食防隊の新型ヒュムテック、通称ゲンジボタルに搭乗し、暴れるヤドカリの鎮圧にかかったのだ。

『う、ぐおおおお……！』

『アディクターが……！　こんな旧式でよくもこんな英雄的行動に出られたもんだ。貴様も水神システムを知ってるということか？　ならば、ここで死ね！』

『く、っそ……！』

ヤドカリとゲンジボタルでは、スペックに絶望的な差がある。

ガチンコで組み合えば、ヤドカリがゲンジボタルに勝てる理由はない。

ヤドカリを組み伏せたゲンジボタルは、あっという間にヤドカリの右前足を機銃で破砕し、機銃の銃口を摑んで捻《ね》じ曲《ま》げてしまう。

『矢坂弥登とその仲間を殺せ！　私に構わず洞穴に突入！　ブリーフィング通りに水神システムを破壊しろ！』

『く、弥登っ！　明香音！』

動けるＦＡＴ隊員はまだ十人以上いるようだ。

その全員が再び弥登と明香音に銃口を向ける。

弥登が明香音の手から木村の銃を奪い破れかぶれに発砲しようとしたそのとき、

「ぐっ！」「があぁっ！」「うわっ！」

「はーい整列。行儀よく死ね」

弥登の正面ではなく、背後から耳をつんざく銃声が鳴り響き、気が付くと弥登達に銃を向けていた隊員達のほとんどが事切れるか、銃を取り落とし地面に蹲《うずくま》っていた。

「餌としちゃ、劇物すぎたな、あんた」

「戸丸さん！」

「おいゾノノ！　アキラ！　月井明香音がやべぇ！　応急処置！」

「うっす！」

「はい！」

弥登達が逃げてきた洞穴から、弥登達と同じようにヘルメットと防寒装備で身を固めた希美やアキラ。他にも名前の知らぬ大勢の職員達が飛び出してきて、ＦＡＴに向けて容赦なく発砲する。

どれだけ鍛えられた特殊部隊も、横から掃射されてはひとたまりもない。

あっという間に立っている隊員はいなくなり、生きている隊員は最初にニッシンのヒュムテックが薙ぎ倒した者達だけになった。

「希美さん！　明香音さんが、明香音さんが！」

「大丈夫っすよ！　ウチら慣れてるんで！」

言葉通り、希美は明香音の服をあっという間に脱がすと、バイクの破片が貫いた場所を確認し、手際よく止血の処置を施す。

それを混乱しながらも見つめる弥登の肩を叩いたのは、対戦車砲と見紛《みまが》うような部品を集めてつぎはぎで組み立てたと思われる巨大な銃を担いだ戸丸だった。

「倒していいの、ゲンジボタルだよな」

「……はい！」

「よし。水村！」

「はいっ！」

戸丸はバイポッドを立てると、水村と二人がかりで巨大な銃を設置し、ヤドカリに組み合っているゲンジボタルに照準を合わせる。

「狙うのは後ろ足の関節だ。絶対外すな！」

「はいっ！」

水村がシューティングポジションに入り、戸丸が背中合わせに水村の背を支える。

「撃ちます！　3、2、1！　ぐぇっ！」

「うぐっ！」

激しい衝撃で水村も戸丸もうめき声をあげ、銃身も一発で砕けたが、狙い通りゲンジボタルの左後ろ足の関節に銃弾を噛ませることに成功する。

『こ、このっ！』

ゲンジボタルの動きが目に見えて鈍くなり、ヤドカリが押し返し始める。

『バカな……こんな、クソっ！』

『いい加減、諦めろ！』

徐々に徐々にゲンジボタルのフロントが持ち上がり始め、腹が露《あら》わになって来る。

『くたばれ！』

戦闘専用機ではないヤドカリの、たった一発だけの主砲がゲンジボタルの腹に直撃した。

小口径であるためゲンジボタルを爆発させたり乗員ごと貫くようなことはできないが、それでも足まわりの機能を殺すには十分すぎた。

ゲンジボタルは完全に沈黙し、佐東が無駄なあがきをしないよう、独立して旋回する機銃をヤドカリの左前足で全て歪ませ捩《ね》じり上げた。

「……もう動くなよ！　あークソ。また坂城のおやっさんにむしられる」

ヤドカリのハッチが開いて、ニッシンが悪態をつきながら外に出てくる。

「弥登！　明香音！　無事か！　そっちの連中は味方……！」

ニッシンは最後まで言うことができなかった。

走り出した弥登がヒュムテックによじ登り、ニッシンに抱き着いたのだ。

「ニッシン!!」

「うわっ！」

「ニッシン!!　ニッシン、会いたかった！　会いたかった!!」

「おい落ち着け、弥登、無事か、無事なんだな？」

「うん、ごめんなさい、ごめんなさい。でも、私……本当に……！」

「大丈夫、もう大丈夫だ。大丈夫だから、ほら、こんな高いところでそれは……」

「……え？」

「注目しか、されないと、いうか」

「…………あ」

地上からは、戸丸や希美、水村にアキラ、そして横たわる明香音が真っ直ぐ弥登を、それぞれの表情で見つめている。

「おーおー、あれが噂の白馬の雇い主かー。想像よりパッとしない野郎だな？」

「ひゅー、こんなドラマみたいなこと、あるんっすねぇー！」

「ミト……アトデ……オボエテロ」

「〜〜〜っ！」

全身真っ赤にして涙目になる弥登だが、それでもニッシンから離れるつもりはないようだ。

「……無事、なんだな」

「ええ。無事よ。絶対に……あなたとの約束を、守らなきゃって、思ってたから」

「そっか」

安心させるように弥登の背を撫でてニッシンは、弥登をコックピットの後部座席に座らせると、立ち上がって下に降り、戸丸に対面する。

「俺の仲間が、世話になったみたいだな。仲間は俺をニッシンと呼ぶ」

「戸丸だ。そうでもない。本当についさっきまで、矢坂弥登と月井明香音は私達が殺すつもりでいたんだからね。な、水村」

「……」

戸丸の隣の水村という男の顎には、大きな痣《あざ》ができていた。

「だが、思いがけず大きな餌を釣り上げてたんで、矢坂達に恩を売る方向に切り替えた。ＦＡＴと東京特別区の本部長とはな。水村の顎と尊厳と引き換えにするには十分すぎる」

「うるせえっすよ」

水村と呼ばれた男は仏頂面で吐き捨てた。

「戸丸。あんた……というか、あんた達が、水神なのか？」

「そうだよ。というか、そんな確認するってことは、あんた水神システムの詳細を知らないでここまで来たのか？」

「知ったのは本当につい最近だ。弥登を農場から連れ出す方法を探ってた結果、仲間が偶然たどり着いた」

「ほー。あんたが私の思ってる通りの人間なら、最初から知っててもおかしくなさそうだが」

「え？」

「いや。知らないならいいんだ。一応最後に確認なんだが」

戸丸は無造作に、ニッシンに銃口を向けた。

「あんたは、水神の敵か、味方か？」

「俺は横須賀のアディクターだ。元々水神なんかに興味もない。積極的にアディクターを食防隊に売る趣味もない。敵でも味方でもねぇよ。強いて言うなら、関係無い人だ」

「関係無い人、ね。関係無い人が、矢坂元次官の娘と懇《ねんご》ろになってＦＡＴを襲うようなことするかね」

「弥登は俺の夢に必要な人間だ」

「夢？　聞かせろよ白馬の雇い主。どんな大それたこと考えてるのか気になる」

「何だよ白馬の雇い主って……別に、大したことじゃない。将来、食いたいものを誰でも好きに食える食堂を作りたいってだけだ」

「ほー、そんなメシの楽園があったらいいなぁ？　確かに白馬に乗ってそうな頭してら」

バカにしているのか、真剣に褒めているのか。恐らくはバカにされているのだろう。

戸丸は口の端を上げると、すぐに銃を下ろした。

「あんた、ニッシンだっけ？　もしかして苗字《みょうじ》、ニイジマっていうんじゃないか？」

「弥登か明香音から聞いたのか？」

「いいや？　だがやっぱりそうか。うちの主神様に聞いたことがあるんだよ。昔、あんたと同じようなことを言ってた水神がいたってな」

「俺と同じようなこと？」

「ああ、その水神は猪苗代湖《いなわしろこ》の……」

戸丸は言いかけたが、突然ニッシンの肩を掴んで突き飛ばし、ニッシンの背後に拳銃を向ける。

それに並ぶように水村達も、機能停止したゲンジボタルに銃口を向ける。

ゲンジボタルのハッチを開けて、佐東が外に出てきたのだ。

「アディクターども……食料安全維持法を無視する、テロリスト、犯罪者ども……」

「だからそのフザけた法律がなきゃ……私達は犯罪者じゃないっての……」

希美に介抱されている明香音が、吐き捨てるように呟く。

「私を殺すか？　殺してみろ、その瞬間、お前らも皆殺しだ……！」

「随分余裕だな。自棄《やけ》になるタイプには見えないけど……」

「戸丸さん……アレ、じゃないっすかね」

水村の強張った視線の先を見て、戸丸も顔を顰める。

ヒュムテックのライトだ。こちらが照らされる側だが、先程まで大暴れしていたゲンジボタルと同型であることは一目で分かった。

二機のヒュムテックが静かに接近してきているのだ。佐東は恐らくコックピットのレーダーか無線かで、食防隊ヒュムテックの接近に気付いたのだろう。

「ニッシンさんよ。ヤドカリ、動くのか？」

「あと二機相手は絶対無理だ」

「クソ……さすがに人死に出るぞこりゃ」

「死ぬだけで済めばいいんですがね」

「はっはっはっは！　この状況、何をどうしたって逃げられはしないぞ！　今日で水神システムも、矢坂親子も終わりだ。人間として死にたければ、逮捕された方が身のたっ」

そのとき、派手な衝突音とともに佐東は足を滑らせ、最後まで言えず、悲鳴も上げられずに地べたに放り出された。

枯葉が積もる地面に潰された蛙《かえる》のように落ちた佐東は信じられないという面持ちで顔を上げ、新たなヒュムテックを見上げる。

『佐東東京特別区本部長。独断専行によるＦＡＴの私的な運用と、矢坂元長官への殺人教唆、並びに食料国防隊公務執行特別妨害の容疑で逮捕します』

「な、何⁉」

『まー州警察介入させたくないんで殺人教唆は見逃してあげてもいいんですけど、あなたの秘書はこっちで押さえてるので、出世は諦めた方がいいと思います』

「この声……真優ちゃん⁉　じゃあもしかして、そっちは古閑さん⁉」

弥登の声に、新たなゲンジボタル二機は軽く前足を上げた。

『どーも、ご無沙汰しています、隊長』

『隊長……！　ご無事で何よりです！』

「味方……なのか？」

「一応な。デカイ組織ってのは、一枚岩じゃないらしくてな」

戸丸と水村は恐る恐る銃を下ろす。

「馬鹿な……バカな！　何をやっている！　どこの隊だ！　目の前にアディクターがいるんだぞ！　殺せ！　逮捕しろ！　どういうことだ！」

『喚《わめ》かないでくださいよ本部長。仕方ないでしょ。水神システムは一般隊員に周知されてないだけで、言ってしまえば昔から上層部が黙認してきた、存在を許されたシステムです。確かにアディクターっちゃアディクターですしマスコミとかにバレりゃあ大炎上間違いなしですけど、でも、あるんですよ』

「ぐ……！」

『グレーゾーンは白黒つけたくない人が沢山いるからグレーゾーンなんです。イケイケだったときのあなたならともかく、虎の子のＦＡＴ壊されたあなたがそれを告発したとして、味方になってくれる人、そんなにいますかねぇ？　水神システムで美味しい思いしていた人、言ってしまえば食防庁以外にもいますから。そういうとこの根回しはちゃんとしないと』

「く……」

「あああと」

真優はヒュムテックのハッチを開けて、コックピットの縁に腕をかけてよりかかり、佐東を見下ろす。

「あんまり言うこと聞かないと最終的に殺人教唆、もしくは殺人未遂の共同正犯で州警察に入ってもらうことになるので、まぁ諦めることです」

「相変わらずネチネチといやらしい言い方するわね、真優ちゃん……」

「この後は隊長ですからね。覚悟しといてください」

「……はい」

「馬鹿な……バカな……あり得ない、こんなこと。私は、食料安全維持法の、守護者として、日本を、守る者として……っ」

這いつくばる佐東の前に立った者がいた。

「お前が守ってんのは日本じゃなくて、自分の感情のまま思い通りになる世の中だろ。テメェの好き嫌いを力で他人に押し付けるな」

「何を……かはっ！」

ニッシンが軽く顎を蹴り飛ばして、佐東は白目をむいて失神した。

「これで終わり、か？」

戸丸の問いに、ニッシンは肩を竦める。

「誰にとっての何の終わりなのかは知らんが、もう新手は来ないだろ」

ニッシンが空を見上げると、いつの間にか瞬く星の光は薄くなり、空が白み始めている。

だが、上がり始めているはずの太陽は、箱根山の陰に隠れ、陽光は未だニッシン達の足下には差し込まなかった。

「ただまぁ、日本の夜明けは遠そうだ」

終章　豆腐とわかめの味噌汁がある食卓

「前方機銃に前足二つ。あと全体の電気系統の修理。見積り、見るか？」

「見ねぇよ。どうせとんでもねぇ額なんだろ」

横須賀スラムのヒュムテック工廠。

ヤドカリを修理に預けたのだが、かつてないほどの大立ち回りでボロボロになったヤドカリがそう簡単に修理できるはずもない。

坂城のニヤついた笑みを振り払うようにニッシンは手を振った。

「そろそろ新しいのに買い換えたらどうだ」

「それこそ無茶言うな！　新しいのなんか買う金あるはずねぇだろ！」

「だってよ。お前、しばらく横須賀出るんだろ？　こんなつぎはぎだらけのヤドカリ、直せる腕のいい工場がそうそうそこらにあるとは思えんぞ」

「別に何年も出て行くわけじゃない。行って帰って来るだけだから半月程度の話だ。最低限走れて、煙幕弾撃てるようにしてもらえりゃそれでいいんだよ」

「お前なぁ」

坂城は開いたヤドカリのコックピットを見る。

「嫁を乗せるようになったら、車は頑丈なもんに変えたほうがいいんだぞ」

「誰が嫁だ。明香音と美都璃と古閑を刺激するようなこと言うなよ」

「面白いからな」

「悪趣味なジジイだ。とにかく、俺が出せるのはどんなに頑張っても二十万だ。それで足回りだけ、何とかしてくれ。頼む」

「本当に走るだけになるぞ。いいのか」

「ああ。それじゃ、頼んだぜ」

それ以上の問答はいらないとばかりに、ニッシンは坂城の工廠を後にした。

「よう。どうだった。お前のヒュムテック、直るのか？」

外では横須賀で誂《あつら》えた私服を纏った古閑がいて、出てきたニッシンに声をかけてきた。

「嫁を乗せるならいい車買えってさ」

「あ？　何だそりゃ」

「何でもない」

ニッシンは自分のバイクに跨《また》がり、エンジンをかける。

「古閑はこんなとこで何してんだよ。サボりか」

「休憩中だよ。ったく、分かっちゃいるけどどこでも技術屋ってのは荒っぽいな」

「坂城のおやっさんは横須賀のジジイの中では優しい方だぞ。甘ったれんなよ」

「中に入るとまた違うんだよ。あーあ」

食料国防隊を退官した古閑は、そのままニッシンと明香音に伴われて横須賀に腰を据えることに決めた。

ヒュムテック隊ではデータ解析やヒュムテック整備をやっていた経歴を生かして坂城の工廠にアディクター試用期間的な意味で雇われているが、横須賀に来て二週間。

ニッシンと顔を合わせる度に泣き言を言っている。

「はー……今となっては美都璃さんの飯だけが人生唯一の楽しみになっちまった」

「そりゃよかったな」

元食防隊の古閑の身元引受人は、今回は明香音という形になり、古閑の身柄は現在イーストウォーター預かりとなっている。

「何なら俺がタダで見てやろうか」

「お前にタダで見せるなら、臓器売ってでも坂城のおやっさんに金作るよ」

ニッシンは言った。

「俺がいない間、イーストウォーターのこと、頼んだぞ」

「ま、精一杯やっとくよ。留守番は得意なんだ」

ニッシンは手を振ると、坂城の工廠を後にした。

猪苗代ＮＦＰ。

東北州南部、旧福島県に設置された農場だ。猪苗代湖を擁し、箱根と同じく水神システムが導入されているが、戸丸によるとそこに、ニッシンによく似た水神がいるという。

その男は新島という名で一時期箱根にいたことがあるらしく、戸丸の組織の『主神』と昵懇《じっこん》の仲であったらしい。

鳳凰軒で端木達に真優の話を聞かれているため、ニッシンはシンジケートに水神システムのことを隠さず明かしたが、現状、シンジケートはその情報を特に公にはしないという結論に達した。

シンジケートの目的は国家転覆でも食安法の撤廃でもなく、単に横須賀に生きるものの生存だ。

それこそもう一度、三浦半島浄化作戦でも立案されたときには政権をかき乱す切り札になるくらいの感覚で、シンジケート上層部と、弥登救出に関わった全ての人間に箝口令《かんこうれい》が敷かれている。

ニッシンは弥登奪還の顚末を報告する中でシンジケートに猪苗代ＮＦＰの話をさりげなく振ってみたが、特に気になる反応を見せる老人はいなかった。

だから、自分で確かめに行くしかないのだ。

自分に似ている、ニイジマいう男の存在を。

その男が、死亡を確認されていない父、新島真吾《しんご》ではないかということを確認するために。

ニッシンは旧海岸通りを、根城にしている走水に向かって走りながら、ぼんやりとそんなことを考える。

「最悪、借金か、在庫売り払うかかなぁ。あとはもうバイクで往復か？　荷物制限されるししんどいけど……」

先立つものが無い状態はなかなか厳しい。アディクターはいつだって金と食の問題に追われている。

走水のマンションに戻ったニッシンは、四階建ての三階の自宅の扉を開ける。

「お帰りなさい」

中から出迎えてくれたのは、

「何だよ、どうしたんだその格好」

食防隊の制服に身を包んだ矢坂弥登だった。

「真優ちゃんが送ってくれたの。私のものだった制服よ。あれば何かの役に立つだろうって」

そう言うと弥登はご機嫌な様子でニッシンの前で一回転して見せる。

「ヤドカリはどう？　直りそう？」

「先立つものが問題だな。とりあえず、そうすぐには出発できなさそうだ。腹減った、飯にし

ようぜ」

「もう作ってあるわ。手洗って、座って」

「マジか。悪いな」

「今はそれくらいしかできることないもの」

食卓には、炊かれた米と、白身魚を大葉で挟んで揚げた天ぷらもどき。そして豆腐とわかめの味噌汁が並べられていた。

「豆腐なんて一体どうしたんだよ」

「それも真優ちゃんから一緒に送られてきたの。さ、冷めないうちに食べましょう」

「ああ。いただきます」

ニッシンは手を合わせて最初に味噌汁の椀を手に取る。

「うわ。豆腐なんて食ったのいつ以来だ？　美味いな」

「よかった。私も豆腐触るの久しぶりで、そんなに難しい食材じゃないのに緊張したわ」

東南アジアの米と、質の悪い油で揚げられた、何の魚かも分からない白身魚の天ぷら、そして具の乏しい味噌汁。

栄養バランス的な意味でも量的な意味でも、決して良質とは言い難《がた》い。

それでも、全く知らない人間に手渡された無味乾燥なコッカンバーを決められた席で無感情に齧《かじ》ることに比べ、何と豊かで満たされる食事だろうか。

「ん、顔に何かついてるか？」

「あ、ううん、何も？」

少し顔を見つめすぎたようだ。

弥登は少し頬を染めて、茶碗《ちゃわん》に視線を落とす。

「……ねえ、信也さん」

「ん？」

弥登はニッシンを、名前で呼んだ。

「猪苗代には、どうしても行かないとダメ？」

「どうしたんだよ。突然」

「……箱根とは作られた時代が違う農場よ。水神システムが箱根と同じとは限らないし、潜入したら今度は出てこられないかもしれない。信也さんは、私が農場に行ったとき、心配してくれたでしょう」

「そりゃあ、もちろん……」

「明香音さんも美都璃さんも、もちろん古閑さんも、同じ気持ちよ。もちろん、生き別れのお父様に会うって、家族以外の人間には理解できない、理屈じゃない部分があるのは分かるわ。でも……」

「待て。待ってくれ。別に、俺と親父の間には、そんなシリアスな事情は無いぞ」

「でも……」

「確かに行方をくらましたまま母さんの墓参りにも現れず、恨んだ時期もあったさ。でも自分がアディクターになってみて、アディクターなんかいつ消えてもおかしくない生き方だって分かったんだ。いなくなる前、親父は俺にも母さんにも優しくて、頼れる父親だった。親父がくれる限りの愛情をもらってたって自覚は今、あるんだ。だから……俺が猪苗代にいる水神ニイジマの正体を確かめたいのは、もっと現実的な理由なんだ」

「現実的な理由?」

「弥登には前に話しただろ。親父はもともと、横浜のいい店で中華のシェフしてたって」

「ええ」

「シンジケートの中華系が作る料理は、言ったら悪いが横須賀スラム式の荒くれ中華ばっかりなんだ。だが、俺達の理想……メシの楽園のためには、本格中華の技術がどうしても必要なんだ。だから」

「本格中華……え、それじゃあまさか」

「ああ。アディクターの俺に本格中華を教えてくれる奴なんかいやしない。それだったら親父かもしれなくて、しかも接触できれば本格中華の技術が獲得できるかもしれない。だったら、行くしかないと思わないか?」

弥登は一瞬ぽかんとして、それから吹き出してしまった。

「困難を切り抜けたら、高級料理の調理技術が手に入るってこと？」

「家族のセンシティブな喧嘩するために行くより、よっぽど建設的だろ？」

「ええ。そうね。ううん、分かっちゃったからには、行くしかないのかしらね。ふふ」

弥登は微笑んだ。

笑顔が浮かぶ食卓。楽しい食卓。

そんなものは、食料安全維持法の理想とされた農場には存在しなかった。

「弥登こそ、無理に俺に付いて来る必要ないんだぞ。食防隊の制服なんかわざわざ取り寄せなくてもよかったのに」

「それこそ今の話聞いたら引き下がれないわ。だって信也さんの理想は、私の理想でもあるんだから」


「メシの楽園、ねぇ。そのフレーズ、実は何回か新島さんや周りの人から聞いたことあるんですけど、要するにちょっと豪華なレストラン作りたいってだけの話でしょう？　隊長、そんなことのために農場に入ったんですか？」

「そんなこと、じゃないわ、真優ちゃん。そんな夢を持っている人がいる場所を破壊するなんて、絶対に許されることじゃないからよ」

弥登が箱根から脱出し、横須賀に戻って三日後。

全ての事後処理を終えた真優が弥登を訪ねてやってきた。

彼女が最初にニッシンと協力するに至ったその理由。弥登が何故三浦半島浄化作戦を台無しにしたか、その真意を二人きりで聞くためだ。

走水のニッシンのマンションの屋上で二人きり。遠くから微かに波の音が聞こえる、風のない暖かな冬の日だった。

「信也さんの夢を応援しなければならない。それが、食料国防隊が本来果たすべき役目」

弥登の答えは、こうだった。

「今の食料国防隊は、国民の健康を守るためじゃなく、食料安全維持法を守るためにいるってあのとき気付いたの。イーストウォーターのツバサ君は、食料安全維持法さえなければ、今もお母様と一緒に幸せに暮らせていたはずよ」

弥登は、四日間の横須賀生活で経験した全てと、ツバサを救い出した死の小路《こうじ》の話を全て詳《つまび》らかに真優に話した。

「健康って、幸せだからなれるものよ。国民に物を食べさせない上に幸せにもしない国が健康を語るなんて、絶対に間違ってる。だから私は信也さんと、信也さんの後に続く、ツバサ君達の幸せなご飯のために生まれる夢を守るために、今の食防隊を見限ったの」

「今の、って、どういうことです?」

「本当の意味で、日本国民の食を守るための食料国防隊は、存在するべきだと思うの、幸せな食卓を守るためのね。日本の産業や農産物、水産物を守る、そんな組織なら、私は喜んで復帰するわ。でもそんな世界、未来のためには、信也さんみたいな人の思いを決して消しちゃいけない……これで、答えになる？」

「ええ十分です。まー私も？　新島さん達と行動する間に、もしかしたらそーなのかもなーって思うことが結構あって、こう見えて鳳凰軒の謎肉の串とか食べたんですよ。で、何となく隊長の気持ち、分かるようになって……」

「なら、良かったわ」

「あーそれから。これも分かりました。隊長がもー人生とか未来とか平気で賭けられるくらいには、新島さんにゾッコン惚《ほ》れこんでて、そう遠くない未来に、月井さんとバチバチにぶつかるってことも」

「言わないでっ！」

「これくらいは言わせなさい」

真優は微笑むと、立ち上がって伸びをした。

「戸丸さん達の組織のメンバーみたいに、今の状況でしか生きられない人間も確かにいるわ。私はああいう人達も守りたいの。それにいつまた、佐東本部長みたいな過激派が現れるか分からない。だから私は今の食料国防隊に残るわ。古閑さんが辞めちゃった以上、今後あなた達が生きていくのに、隊の人間が身近にいた方が何かと有利でしょ」

「真優ちゃん……」

「矢坂隊長の気持ちは分かった。私はその意志を尊重する。だから、今日からあなたは私にとって、ただの矢坂弥登。新島さんや、月井さんがそうであるようにね」

「……うん！　ありがとう」

「結婚式には呼んで。やるなら、だけど」

「け、結婚式って、まだ私達、そんなこと考える時期じゃ……」

「月井さんと泥沼のキャットファイトが繰り広げられるのを期待してるわ」

「もう！　真優ちゃんっ！」

頭半分背の高い真優の胸を叩くようにして、弥登は真優を抱きしめた。

「しっかりやりなさい。あと、私にあなた達を逮捕させるようなヘマ。しないでよ」

「ありがとう。ありがとう、真優ちゃん」


真優にした決意表明は、横須賀を立ち去ったあの日から農場の生活を経ても、変わることのなかった弥登の強い信念だ。

「ねえ、信也さん」

「ん？」

「私、あなたのことが人生を賭けてもいいくらい、好きなの」

「むぶっ……い、い、いきなり何を……！」

「だから、あなたの理想とすることの全ての力になりたい。明香音さんには絶対負けないわだから……これから、よろしくね」

「う、あ……ああ、その……」

「取り急ぎ、ヒュムテックをどう修理するか考えないといけないわね。端木さんにお願いして、鳳凰軒でアルバイトに雇ってもらおうかしら。あ、というか私の銀行口座、今までのお給料ほとんど残ってるはずだから、それを真優ちゃんに下ろしてもらえれば、結構足しになると思うわ」

「いや、待て、色々待て弥登。まずその前にだな」

「ダメ、待たない。信也さんの夢、私が叶えるくらいの気分でいるんだから、できることはなんでもやらないと。あ、私がアディクターの定石を外しそうになったら、そのときは教えてね」

「いや、アディクターとかどうこう言う前にだな……」

　慌てふためくニッシンと、余裕の表情の弥登の、笑顔にあふれた食卓の夜は更《ふ》けてゆく。

※

それから一ヶ月後。旧ＪＲ横須賀駅のロータリーに、イーストウォーターの面々が集まっていた。

「ニッシンも明香音ちゃんも弥登さんも、本当に気を付けてね。今の時期東北はまだまだ寒いし雪も降ってるんだから、風邪ひかないでね」

「大丈夫だって。今回は誰かを助け出すとかじゃなくて、行って確認して帰って来るだけだからさ！」

「何言ってるの。明香音ちゃんなんかまだ傷が治り切ってないのよ。弥登さんが行くんじゃなけりゃ、行かせたくないんだから」

美都璃の悲鳴に近い声に、弥登がびくりと背筋を震わせた。

「弥登さん、しつこいようですけど、明香音ちゃんはいつでも弥登さんの寝首を掻《か》けるんですからね。ニッシンに下手な真似は、しない方がいいですよ」

「分かってます！　分かってますから！」

弥登は半分うんざりしたように、迫る美都璃の体を押し返す。

美都璃は今や、完全に弥登の敵になってしまった。弥登のニッシンへの気持ちは他人から見ても明白だったため、明香音の幸せこそが人生の至上の目的である美都璃にとって、弥登ははっきり敵なのだった。

「ニッシン。何しに福島に行くか、忘れないでね。帰ってきたら、弥登さんと明香音ちゃんに、ニッシンに変なことされなかったかきちんと聞き取りしますからね」

「何もしねぇよ！　分かったからさっさとガキども連れて帰れって！」

「それならいいけど。お弁当やハンカチやタオルは持った？　忘れ物は無い？」

「おふくろなのか姑《しゅうとめ》なのかどっちかにしろ！」

「ほら、ニッシン、弥登、さっさと行こう！　これ以上美都璃につきあってたら、いつまでも出かけられない！」

下手な応援のされかたをすると明香音も困ってしまう。

猪苗代ＮＦＰに向かうに当たり、ニッシンと弥登はヤドカリで、明香音はバイクでヤドカリに随伴することになった。

松葉ガニはイーストウォーターを守るため、古閑に託した形になっていて、明香音のバイクで進めない場所では、バイクをヤドカリのコンテナに乗せて移動する。

「弥登お姉ちゃん、明香音さん、気を付けてね。ニッシンさん。二人をよろしくお願いします」

「何言ってんのツバサ。私と弥登が、ニッシンの面倒見てあげるんだよ。それじゃあね。二週間後に帰って来るから」

「じゃあな。古閑には後でよろしく言っといてくれ。行ってくる」

「行ってきます！」

「気を付けてね！　三人とも、本当に気を付けてね！」

ヤドカリと明香音のバイクのエンジンがうなり、二機は連れ立って横須賀を旅立つ。

『それで、どういうルートで行くの？』

コックピットに、簡易無線で明香音からの声が入る。

「都心を抜けるわけにはいかないからな。旧圏央道でぐるっと大回りして北関東州に入って、そこから先は道がどうなってるか分からんから、臨機応変って感じだ」

「幹線道路を通っても、ある程度は私の制服で誤魔化せるんじゃないかしら」

『弥登の制服は微妙に弱い切り札だから、そんなにバシバシ使えないっしょ。でも分かった。とりあえず朝比奈あたりから高速に乗ろうか』

「ああ、分かった」

「朝比奈か。何だか懐《なつ》かしいわね」

朝比奈はニッシンと弥登が再会し、弥登の人生が大きく変わった場所だ。

「また朝比奈から新しい人生の転換点に向かって出発すると思うと、何だか不思議な気持ち」

「だな。俺もあのときは、こんなことになるなんて微塵《みじん》も思っちゃいなかったよ」

「ね」

「今じゃ古閑まで横須賀にいるんだからなぁ」

「それはそうだけど、そういう話をしてるわけでもないんだけど？　信也さんはあのとき、私と一緒に暮らすことになるなんて思ってた？」

「言ったろ。微塵も思ってなかったって。後悔してるわけじゃないが、未だに弥登の人生をヤバイ方向に変えちまったんだなって思うことはある」

「いつも言ってるじゃない。私は今、すっごく幸せ……」

そのときだった。突然外部センサーが銃声を拾い、ヤドカリの装甲に固いものが当たる音がした。

「な、じゅ、銃声⁉　一体どこから……！」

『ごめ〜〜ん。誤射ァ〜〜』

すると不機嫌そうな明香音の声が、コックピット一杯に響いた。

『何か早速私の存在忘れてイチャつかれたからぁ〜。これくらいの刺激がないと思い出してもらえないんじゃないかと思ってぇ〜』

「い、いや、俺はそんなつもりは……！」

「あうう……またやっちゃった」

ニッシンと弥登は別々の理由で暗いコックピットの中で顔を赤くする。

『はー。このままじゃ猪苗代に着く前に一悶着《ひともんちゃく》あるだろうなー。先が思いやられるなー。美都璃へのお土産話が増えちゃうなー⁉』

「悪かったって」

「ご、ごめんなさい……！」

あまりにしまらない、メシの楽園を目指す若者たちの旅立ち。

楽園への道のりは明るいが、まだ遠い。

それでも歩みを止めなければ、いつかたどり着ける。

そう信じて三人は、朝比奈からボロボロの高速道路に乗り上げ、遥か、北を目指すのだった。

――了――

あとがき　―　居酒屋メシ　―

居酒屋のご飯が好きです。

酒を全くと言っていいほど飲めないのですが、居酒屋で食べられる料理が好きすぎて、飲み会は結構好きな人です。

特別な素材や家庭では使えない火力や調理器具や調味料から出てくる居酒屋料理は本当に魅力的なのですが、一人で居酒屋に入るのは未だに結構勇気がいります。

単純に酒が飲めないので、飲めるドリンクはソフトドリンクを頑張って二杯程度なのと、頼みすぎるとお腹にも財布にも厳しいことになりがち。

中年男性が孤独で豊かな食事をすることで有名な某ドラマの主人公くらい食べられればいいのですが、居酒屋メシは食べれば食べるほどお肉になってしまうので、今の私がやっていいことでは決してないのが悩みどころ。

お久しぶりです和ヶ原《わがはら》聡司《さとし》です。

ファストフードのフライドポテトはよく、胃腸年齢を測るバロメーターにされることがありますが、最近和ヶ原は、もう一つのバロメーターがあることに気付きました。

それはウーロン茶。これまでは居酒屋でもレストランでも、ソフトドリンクを飲もうと思ったら大抵は炭酸飲料を選択していました。

ところがこの一年、ほぼ九割ウーロン茶を選択しているのです。

ウーロン茶はカロリーが低く、口や喉の脂を流すのでさっぱりして、食欲が復活するんですね。

居酒屋メシや量が多めの定食なんかを食べるときは欠かせないウーロン茶であり、他の飲料では同じ効果は期待できません。

ポテトを食べられる量が減った、に加えて、食事中ウーロン茶を飲む量が増えた、となったら……あなたの胃腸は、疲れているのかもしれません。


本書は、そんな贅沢とは無縁の食糧欠乏社会を生きる若者達が、幸せな食事をするために必死に生きる物語です。

食の楽しみが無くなったら人生の生きる意味が結構失われると思うので、できるだけ健康に沢山のご飯を食べられるよう心掛け、また新たな物語で皆さまとお会いできるよう願って、本書を閉じたいと思います。

それではまた！

◉和ヶ原聡司著作リスト

「はたらく魔王さま！1〜21」（電撃文庫）
「はたらく魔王さま！0、0-Ⅱ」（同）
「はたらく魔王さま！SP、SP2」（同）
「はたらく魔王さまのメシ！」（同）
「はたらく魔王さま！ ハイスクールN！」（同）
「はたらく魔王さま！ おかわり!!」（同）
「はたらく魔王さま！ ES!!」（同）
「ディエゴの巨神」（同）
「勇者のセガレ1〜4」（同）
「スターオーシャン：アナムネシス -The Beacon of Hope-」（同）
「ドラキュラやきん！1〜5」（同）
「飯楽園―メシトピア― 崩食ソサイエティ」（同）
「飯楽園―メシトピア―Ⅱ 憂食ガバメント」（同）

本書に対するご意見、ご感想をお寄せください。

ファンレターあて先
〒102-8177　東京都千代田区富士見2-13-3
電撃文庫編集部
「和ヶ原聡司先生」係
「とうち先生」係

本書は書き下ろしです。

電撃文庫

飯楽園―メシトピア―II

憂食《ゆうしょく》ガバメント

和ヶ原聡司《わがはらさとし》

2024年3月10日　初版発行

発行者　山下直久
発行　株式会社KADOKAWA
〒102-8177　東京都千代田区富士見2-13-3
0570-002-301（ナビダイヤル）
装丁者　荻窪裕司（META＋MANIERA）
印刷　株式会社暁印刷
製本　株式会社暁印刷

●お問い合わせ
https://www.kadokawa.co.jp/（「お問い合わせ」へお進みください）
※内容によっては、お答えできない場合があります。
※サポートは日本国内のみとさせていただきます。
※ Japanese text only

※定価はカバーに表示してあります。

ISBN978-4-04-915390-3　C0193　Printed in Japan

電撃文庫　https://dengekibunko.jp/

那西崇那
Nanishi Takana
[絵]NOCO
絶対に助ける。
――たとえそれが、
彼女を消すことになっても。
蒼《そう》剣《けん》の歪《ゆが》み絶《だ》ち
VANIT SLAYER WITH TYRFING
ラスト1ページまで最高のカタルシスで贈る
第30回電撃小説大賞《金賞》受賞作
電撃文庫

ほうかごがかり
ぼくらは命を懸けて、『奴ら』を記録する——。
When the midnight chime rings,
we are captured in a "Houkago".
In there, there is neither a correct answer nor a goal
or a stage clear.
Only our dead bodies are piled up.
【ほうかごがかり】
甲田学人
illustration potg
よる十二時のチャイムが鳴ると、
ぼくらは『ほうかご』に囚われる。
そこには正解もゴールもクリアもなくて。
ただ、ぼくたちの死体が積み上げられている。
鬼才・甲田学人が放つ、恐怖と絶望が支配する
"真夜中のメルヘン"。
電撃文庫

俺の！ステラは!!世界一!!!
目覚めたら、ツンデレ聖女様の杖だった!?
ツンデレ魔女を殺せ、と女神は言った。
ミサキナギ
Illust 米白粕
電撃文庫

初恋のリベンジを誓う同級生
主人公の成長だけ止まったまま、
7年経ったら――?
年上の美人教師
もう、あの頃の
3人の関係には
戻れない。
著／葉月 文
イラスト／U35
さんかくのアステリズム
Summer Triangle
俺を置いて大人になった幼馴染の代わりに、
隣にいるのは同い年になった妹分
電撃文庫